EL SOLUCIONADOR

SERIE CHICAGO BRATVA
LIBRO TRES

RENEE ROSE

Traducido por
M ZACHS

 Formateado con Vellum

LIBRO GRATIS DE RENEE ROSE

Quiere un libro gratis de Renee Rose? Suscríbete a mi newsletter para recibir *Padre de la mafia* y otro contenido especialmente bonificado y noticias de nuevos. https://Book Hip.com/NCVKLK

EL SOLUCIONADOR

El solucionador (Chicago Bratva, Libro 3)

POSEÍDA POR EL HOMBRE AL QUE TRAICIONÉ

Hace seis años, dije una mentira que cambió la vida de un hombre.

Mi padre lo desterró de su célula de la Bratva. Del país.

Ahora ha vuelto para quedarse con mi herencia. Mi vida. No mediante un asesinato, sino a través del matrimonio.

Y fue mi propio padre quien lo arregló.

Maxim cree que puede someterme a su voluntad. Cree que tiene el control.

Una vez lo quise, y me rechazó. No volveré a caer.

No pienso ceder.

Ni siquiera cuando me hace temblar de deseo...

CAPÍTULO 1

*S*asha

       Los hombres de mi padre dicen que solo le quedan días de vida. Quizás solo horas. Estamos en su casa de Moscú, una residencia en la que nunca se me ha permitido entrar antes.

Un lugar que he odiado desde que era una niña pequeña.

Ahora significa poco para mí. Lo mismo ocurre con su inminente muerte.

No puedo decir que ame a este hombre. Fue un padre terrible y un compañero aún peor para mi madre. Compañero, no marido; no, él no podía casarse con ella.

Va contra el código de la Bratva.

Fue su amante mantenida durante treinta años hasta la semana pasada, cuando le informó que ahora sería la amante de Vladimir, su mano derecha. Así es, literalmente entregó a su amante a otro hombre. Como si fuera una prostituta de su propiedad. No, peor que una prostituta, como si fuera su esclava.

Ella no tuvo elección.

Como digo, mi padre no es un buen hombre.

1

—Ven, Sasha, tu padre quiere verte —dice mi madre en tono bajo.

Mi madre, antes hermosa, de repente parece envejecida. Está pálida, su rostro tenso y contraído por el dolor.

A pesar de todo, ella todavía ama profundamente a mi padre.

La sigo hasta su habitación. Él no quería morir en un hospital, así que su gran dormitorio ha sido convertido en uno. Máquinas médicas le rodean; hay enfermeras de guardia las veinticuatro horas, los siete días de la semana. Las cortinas están abiertas, dejando entrar el sol de verano por las grandes ventanas.

—Aleksandra —me llama por mi nombre completo.

Me estremezco. Sigue siendo tan imponente como siempre, incluso delgado y frágil en su bata a rayas carmesí. Su rostro tiene un color grisáceo cadavérico.

—Ven —me ordena que me acerque.

Me acerco a regañadientes. Puede que tenga veintitrés años, pero algo en él me hace sentir todavía como una niña rebelde. Toma mi mano, y tengo que esforzarme para no estremecerme al sentir sus dedos secos y huesudos sosteniendo los míos.

—Sasha, me encargaré de que no te falte nada —dice. Tose.

Trago saliva.

Mantenernos fue lo único bueno que hizo por mi madre y por mí. Debería estar agradecida. Hemos vivido en el lujo toda nuestra vida. Incluso pude asistir a la universidad que quería en los Estados Unidos: la Universidad del Sur de California, donde estudié actuación. Pero, por supuesto, me hizo volver en cuanto me gradué.

Y volví porque él controla el dinero.

Si me deja suficiente dinero en su testamento, pienso regresar a Estados Unidos para perseguir mis sueños.

—Tu marido llega hoy.

Al principio ni siquiera entiendo sus palabras. Parpadeo. Miro por encima de mi hombro a mi madre.

—¿Perdón? —Seguramente he oído mal.

—El hombre que se casará contigo. Para protegerte y gestionar tus intereses financieros.

Retiro mi mano.

—Lo siento, *¿qué?*

La ira relampaguea en el rostro de mi padre, y mi cuerpo responde instantáneamente con temblores. No importa cuánto intente no preocuparme, sigo siendo la niña pequeña que se muere por complacerle, por ganar su amor. Por hacer que me vea y me preste atención esta vez.

Por supuesto, nunca lo demuestro. Llevo mucho tiempo interpretando el papel de adolescente rebelde con él. Me echo el pelo hacia atrás con arrogancia.

—No voy a casarme con nadie.

Me señala con un dedo.

—Harás lo que yo te diga y estarás agradecida de que haya encontrado una manera de protegerte y mantenerte desde la tumba. —Un poco de saliva sale volando de su boca.

Mi estómago se revuelve. Es demasiado perturbador ver a la muerte golpeando su cuerpo y no verme afectada, pero no quiero que me importe. Quiero simplemente odiarle durante todo esto.

Lo odio.

—*¿Quién?* —exijo—. ¿Con quién voy a casarme?

Suena un golpe en la puerta, y mi padre asiente, como si estuviera satisfecho. Vladimir entra.

—Maxim ha llegado.

Me quedo sin aliento como si me hubieran dado un puñetazo en el estómago.

Maxim.

No puede ser. ¿Qué clase de plan enfermizo y retorcido es este?

¿Maxim, el que antes fue el encantador y poderoso protegido de mi padre? ¿El que fue exiliado por mis mentiras?

Maxim entra, y yo retrocedo alejándome de mi padre hacia la esquina en sombras donde mi madre permanece, inquieta, retorciéndose las manos.

—Tú sabías de esto —la acuso.

Las lágrimas nadan en sus ojos. Me alegro porque me ayudan a contener las mías.

—Maxim. —Mi padre le tiende la mano.

Maxim mira en nuestra dirección, y yo hago un movimiento para irme, pero mi madre me agarra del brazo y me mantiene en mi sitio. Vladimir, que también ha entrado en la habitación, se mueve frente a la puerta para bloquearla. Como si fuera un guardia de prisión.

Nada se muestra en el apuesto rostro de Maxim. Solo verlo después de seis años hace que mi corazón se acelere. Lleva la misma máscara inescrutable que recuerdo. Seguramente me odia después de lo que hice. Estrecha la mano de mi padre, arrodillándose junto a la cama.

—Papá.

Papá. Así es como llaman a mi padre porque es su líder. En cierto modo, supongo que fue como un padre para Maxim, quien, recuerdo, se escapó de un orfanato a los catorce años. Probablemente fue un mejor padre para él que lo que jamás fue para mí, su verdadera sangre.

—Por fin has venido —susurra mi padre, poniendo su mano libre sobre el hombro de Maxim como un sacerdote dando una bendición—. Tengo una petición en mi lecho de muerte, Maxim.

—¿Cuál es? —la voz de Maxim es baja y respetuosa. Viéndolos, nunca sabrías que mi padre desterró a Maxim, no solo de su lado sino de este país.

4

—¿Has seguido el Código de los Ladrones?

Maxim asiente.

—¿No has tomado esposa ni familia?

—*Nyet*.

—Bien. Lo romperás ahora para casarte con Sasha —dice mi padre.

Aunque lo espero a medias, las palabras me golpean como un tsunami, rompiéndose sobre mí, inundándome de pánico.

Maxim tiene sus anchos hombros y espalda hacia mí, así que no puedo ver su rostro, pero debe estar tan horrorizado como yo.

Se levanta lentamente de su posición de rodillas, desliza las manos en sus bolsillos y espera, sin ofrecer respuesta.

—Dejaré mi participación en todos los pozos petroleros a Sasha, únicamente mientras esté casada contigo. Tú administrarás sus intereses financieros y la protegerás de amenazas. Si ella muere antes de tener hijos, la participación se transferirá a Vladimir, quien estará encargado de dirigir la célula de Moscú y cuidar de Galina, su madre.

—Me estás vendiendo —digo ahogadamente desde la esquina.

Lo está haciendo, igual que vendió a mi madre.

—*¡Silencio!* —Mi padre levanta una mano en mi dirección, sin dignarse siquiera a mirarme.

Maxim sí se gira, sin embargo. Me dirige una larga mirada calculadora, probablemente recordando cómo arruiné su vida. Podría tener el lugar de Vladimir al frente de la Bratva ahora si no hubiera sido por mí.

Aprieto los labios para que no vea cómo tiemblan.

—No es virgen —dice mi padre, como disculpándose por entregar mercancía defectuosa.

Quiero vomitar.

—Tuvo una época salvaje fuera de mi control cuando fue

a la universidad en Estados Unidos. Pero tú estás acostum-
brado a las mujeres estadounidenses, ¿no?

Aun así, Maxim no dice nada.

—Harás esto por mí —dice mi padre. No es una pregunta,
es una orden, pero observa el rostro de Maxim atentamente,
buscando pistas—. Llévala contigo a Chicago. Mantenla
fuera del conflicto, protegida y segura. Disfruta de su dinero.

Maxim se frota la cara con una mano.

—Puedes castigarla por la mentira que contó sobre ti. Sin
resentimientos, ¿eh? Te ha ido bien en Estados Unidos. He
oído que Ravil vive como un rey, y tú disfrutas de los
beneficios.

Me quedo inmóvil al escuchar que mi padre sabía que
mentí.

—¿Y si muero yo primero? —pregunta Maxim, todo
negocios. Esto es una transacción. Mi padre está ofreciendo
una dote por mi mano—. ¿Quién mantiene los intereses en
fideicomiso para Sasha?

—Vladimir —dice mi padre.

Maxim sacude ligeramente la cabeza. Vladimir está en la
habitación, pero Maxim no lo mira.

—Que sea Ravil —dice. Ravil es el jefe de la rama de
Chicago de la Bratva y el jefe de Maxim desde su destierro.

Mi padre lo considera, luego mira a Vladimir.

—Haz el cambio —ordena—. Y llama al funcionario.

Vladimir abandona inmediatamente la habitación.

—Harás esto por mí —repite mi padre, mirando a Maxim.

Maxim inclina la cabeza.

—Lo haré.

—No deshonres mi nombre faltándole el respeto a mi
hija.

—Nunca —dice Maxim inmediatamente.

Se gira de nuevo y me estudia. Algo revolotea en mi bajo

vientre ante su mirada oscura. Si mi padre se sale con la suya, perteneceré a este hombre. Él me controlará completamente. Todo mi destino está en sus manos.

Pero no voy a tumbarme y hacer el papel de amante sumisa, devota y siempre disponible como hizo mi madre.

Y una mierda.

Voy a luchar.

~

Maxim

Joder. Qué. Mierda.

No hay manera de que rechace el último deseo de Igor, o más bien, su orden. Pero esta es una jodida pesadilla.

Tengo que casarme con Sasha, su princesa malcriada de la *mafiya*. La que arruinó mi vida. No es que me arrepienta de haber dejado Moscú. Igor tiene razón: la vida es mucho más fácil en Chicago bajo el mando de Ravil. No siento constantemente como si una navaja estuviera a punto de clavarse en mi espalda como me pasaba aquí. Pero ahora volveré a sentirlo.

Claro, por eso necesita que me case con ella.

Los intereses de Igor en los pozos petroleros valen al menos sesenta millones. Y sus colegas son poco recomendables, en el mejor de los casos. Somos la hermandad de ladrones, después de todo. Así que debo suponer que al menos treinta hombres tendrán puestos sus ojos en robar esa fortuna de cualquier manera que puedan: matando a Sasha, matándome a mí, o incluso eliminando a toda la célula de Chicago.

Pero yo soy el solucionador. Como Ravil, un estratega maestro, tengo reputación de ser más astuto que mis oponentes. Igor sabe que tanto sus amigos como sus enemigos lo pensarán dos veces antes de intentar robar su fortuna si está bajo mi cuidado.

Echo un buen vistazo a mi reacia y manipuladora esposa. Es aún más hermosa que cuando tenía diecisiete años, cuando la encontré desnuda en mi cama, decidida a seducirme.

Es increíblemente guapa, como su madre. Pelo largo y espeso de color rojo. Pómulos altos, piel de porcelana. Tiene brillantes ojos azules y labios como el arco de Cupido. Su mirada entrecerrada está llena de dolor y rabia.

Blyat. Voy a tener trabajo con ella.

Vladimir regresa con los papeles y un funcionario gubernamental de aspecto nervioso, supongo que un empleado del Departamento de Servicios Públicos. Probablemente alguien le pagó o le amenazó para que viniera a domicilio en lugar de que fuéramos nosotros.

Si fuera cualquiera menos Igor, exigiría revisar su testamento para asegurarme de que el acuerdo es realmente como él dice. Pero es Igor, el hombre que literalmente me salvó la vida, me tomó bajo su protección y me convirtió en el hombre que soy hoy. No voy a insultarle. Si su último deseo es que me case con su hija, lo haré.

Aunque, por otra parte, Vladimir podría estar intentando joder a mi prometida por su dinero, que es exactamente la razón por la que Igor me metió en este lío. Mantengo mi voz baja y respetuosa.

—¿Quieres que lo revise primero, Papá?

Me observa por un momento, luego asiente, así que tomo el montón de papeles y los ojeo tan rápido como puedo. Hay disposiciones para Galina, pero todas a través de Vladimir. Aparte del interés petrolero, los únicos negocios legítimos de Igor, todo lo demás va para Vladimir, con estrictas disposiciones de que proporcione una asignación mensual y protección a Galina.

El interés petrolero va a un fideicomiso para Sasha, conmigo como fideicomisario. Debemos permanecer casados, o perderemos los pozos, y pasarán a Vladimir o, en su ausencia, a Galina. Si ella muere primero, Vladimir se convierte en el fideicomisario. Si yo muero primero, Ravil. Asiento y le entrego los papeles a Igor para que los firme.

El funcionario se aclara la garganta y se balancea de un pie a otro.

—Estamos listos —le digo.

Galina empuja a una enfadada Sasha hacia delante para que se sitúe a mi lado.

—Esto no está pasando —se queja en inglés, quizás para que su padre no la entienda. Tiene suerte de hablarlo, o su nueva vida sería aún más difícil.

—¿Tienen anillos para intercambiar? —me pregunta el sudoroso funcionario.

—No. —Niego con la cabeza.

Igor se quita un anillo de platino del dedo meñique. Lo ha llevado desde que lo conozco. Recuerdo que me decía cosas como: "Yo también empecé sin nada, Maxim, y ahora llevo anillos de platino."

Su mano tiembla cuando me lo entrega. Su respiración es laboriosa.

Galina lo nota y corre a su lado.

—¿Estás bien, mi amor? ¿Necesitas más morfina?

—Continuad. —Igor hace un gesto impaciente al funcionario—. Casadlos.

El funcionario traga saliva y se lanza a un breve intercambio de anillos. Coloco el anillo de Igor en el dedo de Sasha y le digo al funcionario que se salte la parte en la que ella me pone un anillo a mí.

—Os declaro marido y mujer. Puede besar a la novia.

Me giro hacia Sasha, pero ella se aparta, así que le dejo caer un beso en la mejilla.

—Ya está hecho —le digo a Igor.

—D-después de que firmen el certificado —tartamudea el funcionario.

Arrebato el bolígrafo de su mano y garabateo rápidamente una versión de mi firma en el papel, y luego le entrego el bolígrafo a Sasha.

Sus dedos no consiguen agarrar el bolígrafo. Me mira, con la rebelión arremolinándose en esos ojos azul océano. Como si alguno de nosotros pudiera detener esta bola que claramente lleva rodando mucho antes de que entráramos en esta habitación hoy.

—*Fírmalo* —espeta Igor. O intenta espetar. Suena más como un jadeo enfadado.

La boca de Galina se tensa.

—Hazlo, Sasha.

Sasha agarra la elegante pluma estilográfica, tensando los músculos alrededor de su mandíbula mientras firma el certificado.

El funcionario lo firma y asiente a Vladimir.

—Está completo. Lo presentaré en una hora. —Sus manos tiemblan mientras guarda el certificado en una carpeta que aprieta contra su pecho.

—Bien. Traiga las copias aquí, y recibirá el resto de su pago.

El funcionario sale como si la habitación estuviera en llamas, y todos nos volvemos hacia Igor, cuya respiración se ha convertido en un jadeo.

—¡Dadle morfina! —ordena Galina a Vladimir, quien llama a una enfermera.

Es demasiado para asimilar. Igor muriendo. Mi repentino matrimonio. Mi amargada esposa.

—Sasha —jadea Igor. Está inquieto en la cama, agitando las piernas bajo las sábanas como si no pudiera respirar. O como si tuviera dolor. Sus labios se están volviendo azules—.

Ven.

Cuando ella no se mueve, coloco una mano suave en su espalda baja y la empujo hacia adelante hasta el lado de él. La enfermera vierte unas gotas de medicina en su boca con un cuentagotas. Él busca la mano de su hija.

—Sasha —dice de nuevo.

—¿Qué pasa? —Oigo las lágrimas en la voz de Sasha. Y también enfado.

—Confía... en Maxim —le dice.

La piel se me pone de gallina, subiendo y bajando por mis brazos y piernas. En la nuca. Los temores de Igor por la vida de ella pueden ser más serios de lo que inicialmente había supuesto. O tiene miedo de que Sasha huya.

Blyat.

Toma una respiración corta. Luego nada.

—¡Igor! —grita Galina.

—¿Papá? —La voz de Sasha suena asustada.

Igor respira de nuevo.

—¡Oh! —Galina exhala un suspiro.

Pero fue su último aliento. Su cuerpo se contrae cuando la vida lo abandona.

Por primera vez, Galina me mira.

—Esperó a morir hasta que llegaste —dice, pero es una acusación, no un cumplido.

Esperé demasiado para venir. Esquivé sus llamadas, sin querer descubrir qué era lo que quería darme antes de morir.

Temía que fuera su posición como jefe de la Bratva de Moscú. O alguna otra posición alta. Pensé que me estaba llamando de vuelta al servicio.

Nunca en un millón de años habría imaginado que era para casarme con su hija.

—Que la tierra le sea leve —murmuro el dicho tradicional ruso y luego me doy la vuelta y salgo.

No tengo tiempo para llorar la pérdida de un hombre que

ya me echó de su vida hace seis años. Necesito averiguar cómo mantener a salvo a su testaruda hija cuando ella no tiene ningún deseo de estar unida a mí.

CAPÍTULO 2

*S*asha
—¿Adónde vas con eso? ¡Para! Es de mi madre —le espeto a Viktor, uno de los hombres de mi padre.

Es uno de los cuatro idiotas que han irrumpido con cajas hoy en el apartamento de un dormitorio en el que he vivido durante el último año y han empezado a empaquetar todo. Ahora mismo, está metiendo en una caja el cuenco de ensalada que le pedí prestado a mi madre la semana pasada.

—Solo estoy siguiendo órdenes —me dice.

Las órdenes de Maxim. Es curioso cómo Maxim ni siquiera tiene un puesto en la organización, pero estos tipos le obedecen.

Maxim también me dio órdenes por mensaje esta mañana: *despídete y haz dos maletas porque nos vamos esta tarde.*

A diferencia de Viktor, Alexei y los otros dos soldados, yo no obedecí.

No voy a ir a ninguna parte con Maxim. No sé qué tipo de retorcido juego de justicia poética estaba jugando mi padre con nuestras vidas, pero casarme con un hombre que me odia es el colmo.

Mi madre, que vive en el apartamento de al lado, donde yo crecí, entra sin llamar y observa el caos.

—Hoy te vas —dice. Una afirmación, no una pregunta.

Niego con la cabeza.

—No. Ayúdame... no me escuchan. Diles que dejen de empaquetar mis cosas. No me voy a ninguna parte.

Mi madre me agarra de la mano y me lleva a mi dormitorio medio empaquetado. Cuando descubre que también hay un tipo allí, me lleva al baño y cierra la puerta.

—Escúchame, Sasha —me espeta en un susurro.

Me zafo de su mano.

—¿Qué?

—*Vas* a ir. Tu padre no me dejó nada. *Nada*. Se lo dejó todo a Vladimir y a ti, bajo el cuidado de tu antiguo amante.

—Él no era mi...

Mi madre agita una mano impaciente.

—Lo que sea. Maxim lo controla ahora. Así que tienes que ir con él, portarte bien y asegurarte de que el dinero se quede donde debe estar: *con nosotras*.

La miro fijamente. Me sorprende descubrir este lado suyo. Siempre fue tan pasiva, tan complaciente con mi padre. Aceptaba lo que él nos daba y nunca pedía más.

Pero supongo que con él desaparecido, está descubriendo su vulnerabilidad a perderlo todo. Las dos lo estamos.

La rebelde en mí quiere decirle que *ni hablar*. Tengo principios, y no me permiten ser vendida a otro miembro de la organización de mi padre.

Pero no tengo medios para subsistir y ella tampoco. Mi título estadounidense de actuación no sirve ni aquí ni allí. El único trabajo que tuve fue un empleo secundario en la universidad que implicaba vestirme sexy y repartir cualquier producto que estuviéramos promocionando. Y solo lo hacía por diversión, no por el dinero.

¿Honestamente? No debería tener que trabajar. El dinero

de mi padre estaba destinado a nosotras, solo que fue un capullo en la forma en que nos lo dio.

—¿Y Vladimir? Se supone que debe mantenerte.

No me había atrevido a preguntar por él antes porque sabía que no podría mantener la boca cerrada sobre lo equivocado que es todo esto.

Mi madre aprieta los dientes.

—Vladimir debe mantenerme, sí. Pero tú lo recibes todo. Y no tengo garantías de que Vladimir cumplirá con su parte del trato. *No vas a renunciar a nuestra herencia porque seas una cabezota*

Me echo hacia atrás, sorprendida por lo mezquina y desesperada que suena. Como si estuviera a punto de sufrir un colapso nervioso. O de hacer algo descabellado.

—No renunciaré a ello —le prometo—. Maxim y yo llegaremos a un acuerdo.

Ese era mi plan desde el principio. Él no quiere cargar conmigo más de lo que yo quiero ser su devota esposa. Lo único que tenemos que hacer es reconocerlo, y podemos prescindir de vivir juntos y fingir. Me quedaré aquí. Él me enviará un cheque cada mes. O mejor aún, un depósito directo.

Regreso a la cocina donde Viktor ha empaquetado casi todo. Me mira, pero su mirada pasa de mí a mi madre.

—¿Estás bien, Galina? ¿Hay algo que pueda hacer por ti?

Ha sido nuestro guardaespaldas desde que tengo memoria. Él y Alexei, el otro guardia, viven aquí en el mismo edificio y se turnan para cuidarnos. Supongo que están contentos de deshacerse de mí. Pero de repente me doy cuenta de que Viktor puede no sentir lo mismo por mi madre. La forma en que la mira...

¿Cómo no me di cuenta de eso antes?

—Puedes ayudar a mi madre dejando mis cosas en paz —

le digo—. ¡Suelta eso! —le espeto, cuando lanza mi costosa licuadora en una caja.

—Tranquilízate. —Maxim entra por la puerta como si fuera el dueño del lugar. Tal vez lo sea, ¿quién sabe?

Va impecablemente vestido, como siempre, con una camisa azul almidonada y pantalones a medida. Tiene las manos en los bolsillos con esa actitud casual de revista GQ. Como si nada le alterara nunca.

La semana pasada ha sido una pesadilla borrosa con el funeral y el entierro. He estado entumecida, tratando de ayudar a mi madre a sobrellevar su dolor. Demasiado enfadada para examinar el mío. Maxim mantuvo la distancia, y yo esperaba que eso significara que tenía tan poco interés en mantener este matrimonio falso como yo.

Pero parece que me equivoqué. Y ahora lamento no haber intentado hablar con él ayer antes de que pusiera todo esto en marcha. Para convencerle de que abandone esta locura.

—Todas tus cosas van a ser enviadas a Chicago. Si hay algo que quieras dejar para tu madre, díselo, y lo separarán.

Me cruzo de brazos.

—No voy a ir a Chicago.

—No está en discusión —dice con naturalidad, casi como si esperara esa respuesta, pero no le diera importancia.

Su mirada baja a mis pechos, que están levantados y enmarcados por mis brazos cruzados. Hoy llevo un vestido ajustado color rosa dorado, que he estado usando para incomodar a todos los hombres que pululan por mi apartamento esta mañana.

Estoy mucho más satisfecha de lo que debería al descubrir que Maxim también se ve afectado.

—Escucha. —Cambio al inglés ya que ambos lo hablamos, y los hombres de mi padre no—. Entiendo que ahora controlas el dinero. Estoy bien con eso. Seré una buena chica y haré lo que me digas. Pero no tenemos que fingir ser marido y mujer. Sé que no me quieres, y yo obviamente no te quiero a ti.

—El matrimonio no se trata de lo que queramos, *caxapok*.

Su viejo apodo cariñoso para mí, *azúcar*, sale de su lengua con demasiada facilidad y desencadena en mí una avalancha de vergüenza y anhelo que él solía provocar, atravesándome de nuevo como si todavía tuviera diecisiete años.

—Tu padre quería que estuvieras a salvo, y me eligió a mí como tu protector.

Señalo hacia los hombres que están desmantelando mi apartamento.

—Viktor y Alexei me mantendrán a salvo, como siempre lo han hecho.

Aunque estamos hablando en inglés, Maxim da un paso más cerca y baja la voz.

—Piénsalo, *caxapok*. Si tu padre hubiera creído que estabas segura con ellos, no habría organizado tu traslado a Estados Unidos. No me habría involucrado a mí.

Quiero burlarme. Mi madre y yo prácticamente poseemos a Viktor y a Alexei.

Después de que conseguí que desterraran a Maxim, me di cuenta de cuánto poder podía ejercer con mi sexualidad. Y como era el único poder que tenía en mi vida, lo usé. Jugué con los hombres de mi padre. Provocándolos, poniéndome de rodillas para ellos. Chupándoles la polla. Luego amenazando con contárselo a mi padre para conseguir lo que necesitaba de ellos, generalmente mi libertad.

Pero un susurro de presagio me recorre al escuchar las palabras de Maxim. Tiene razón. Con mi padre muerto, todo ha cambiado. Ya no tengo ningún poder.

—Ve y empaca tus cosas. Nuestro vuelo es en un par de horas.

Sacudo la cabeza obstinadamente.

—No voy a ir.

Maxim se queda inmóvil y las alarmas se disparan en mi cabeza. Hay un aire peligroso en él.

—Empaca ahora o viajarás con lo que yo traiga para ti.

—Simplemente déjame aquí. —Intento de nuevo—. Puedes quedarte con el dinero, esa es la razón por la que estaría en peligro, ¿verdad? Quédatelo tú. Solo dame lo suficiente para vivir, y me mantendré fuera de tu camino. Solo déjame aquí.

—¿Crees que me casé contigo por el maldito dinero? —gruñe. El labio superior de Maxim se curva. No debería verse tan hermoso cuando me mira con desdén desde arriba—. Créeme, *caxapok*, no lo quiero. Eso, *y tú*, definitivamente sois más problema de lo que valéis.

Extiendo las manos.

—Entonces *vete*. Te estoy liberando. Vladimir me protegerá aquí.

—Le hice una promesa a tu padre, Sasha. No deshonraré su memoria incumpliéndola.

Pongo los ojos en blanco.

Mira su reloj.

—Se nos acaba el tiempo, dulzura. Parece que viajarás con lo que ya está empacado. Ve y sube al coche que está esperando fuera.

No sé por qué tengo que provocar. La terquedad siempre ha sido mi perdición. Cruzo los brazos sobre el pecho, levanto la barbilla y me atrevo a decir:

—Que te jodan.

Él inclina la cabeza. Espero a medias una bofetada, como las que mi padre a veces daba, pero parece completamente imperturbable.

—Si tengo que obligarte, habrá consecuencias, Sasha.

—Adelante, oblígame. —Le desafío.

Maxim no está divertido. Pierde su postura relajada y se lanza al movimiento, como el león dormido que de repente salta para atacar. En un rápido movimiento, me lanza sobre su hombro y me lleva hasta la puerta, ladrando una orden a uno de los hombres para que coja mis maletas y las baje al coche.

Su mano golpea mi trasero cuando estamos en el pasillo.

—Hay consecuencias por tu desobediencia, *caxapok*.

Sorprendentemente, no suena enfadado. Su voz es relajada y uniforme, a pesar del esfuerzo de cargarme. Me retuerzo sobre su hombro, lo que hace que mi minifalda se amontone alrededor de mi cintura. Me da otra palmada en el trasero, abriendo de una patada la puerta de las escaleras en lugar de esperar al ascensor.

—Deja de retorcerte, o ambos nos romperemos el cuello. —Me aconseja mientras baja rápidamente por los escalones.

Encuentro la parte trasera de su cinturón y me agarro a él. Su trasero musculoso llena sus pantalones, flexionándose con cada escalón. El calor se arremolina en mi vientre bajo mientras mi antigua atracción por este hombre vuelve a la vida. Recuerdo cómo lucía en la cubierta del yate de mi padre. Sin camisa, piel bronceada al sol. Era un Adonis, músculos esculpidos y líneas perfectas, en la plenitud de su juventud.

No es menos atractivo ahora, a los treinta.

Sale del edificio, y yo estiro el brazo hacia atrás para bajarme el dobladillo, furiosa porque está dando un espectáculo a su conductor y a los hombres de fuera. Me deja caer sobre mis pies, y cuando el conductor abre la puerta trasera del coche que espera, me mete dentro del espacioso Towncar.

Maxim le dice algo al conductor antes de subir a mi lado y cerrar la puerta, luego cierra la ventanilla entre el asiento delantero y el trasero. La forma en que me mira hace que todo dentro de mí se retuerza. Hay una oscura promesa en su mirada. Como si fuera a disfrutar castigándome.

Habrá consecuencias.

Intento controlar mis mejillas sonrojadas, una de las desventajas de ser pelirroja.

—¿Entonces qué? ¿Vas a castigarme, como sugirió mi padre? —Soy una tonta por seguir provocando. Pero es Maxim, y nunca me recuperé de que me rechazara cuando era adolescente.

Juro que veo las comisuras de sus labios moverse justo antes de que me tumbe sobre sus rodillas.

Estoy simultáneamente emocionada y horrorizada. Mi cuerpo ya es un cable vivo por haber sido arrastrado a la fuerza por él al salir del edificio. Ahora, con la promesa del castigo, la electricidad zumba por todas partes.

Me da varias nalgadas fuertes, cinco, para ser exacta, luego aprieta mi trasero con fuerza. Mi minivestido se sube por mis caderas, exponiendo la parte inferior de mi trasero. Llevo un tanga ya que el vestido lo muestra todo, así que Maxim ahora tiene una vista completa de mis nalgas.

No hago ningún sonido. Estoy respirando con dificultad, pero es más por la conmoción que por el dolor, aunque un hormigueo y ardor comienzan a instalarse mientras él continúa amasando y masajeando mi trasero.

Se siente bien. Humillante, pero excitante. Y cuando sus dedos acarician entre mis piernas, por encima de la tanga, me doy cuenta de hasta qué punto Maxim sigue siendo mi hombre ideal.

Me enamoré, o tal vez solo fue lujuria, de él en aquel yate en Croacia, y aunque las cosas salieron terriblemente mal, parece que la atracción nunca murió. El calor pulsa entre mis piernas. Maxim frota a lo largo de la costura de mis bragas, trazando la tira hacia arriba entre las nalgas de mi trasero y de nuevo hacia abajo. Empapo el pequeño triángulo de tela, imposiblemente excitada.

Sin embargo, en el momento en que desliza un dedo bajo mis bragas, mis alarmas internas vuelven a activarse. Me sacudo en su regazo.

La verdad es que nunca he dejado que un hombre me toque ahí. Presumía y fanfarroneaba sobre mi experiencia sexual para rebelarme contra mi padre, pero al final, realmente era esa niña buena que él quería que fuese.

Y Maxim puede pensar que puede hacer lo que quiera conmigo, que tiene derechos sobre mi cuerpo porque nos paramos frente a un funcionario y me dio el anillo de mi padre, pero eso no va a suceder.

Muevo bruscamente las piernas hacia el suelo del coche, y él me suelta. Caigo de rodillas a sus pies.

—No voy a tener sexo contigo —declaro, con el pelo revuelto cayendo sobre mi cara.

Maxim me lanza una mirada indescifrable. Siempre fue difícil de interpretar.

—Espero que seas buena satisfaciéndote a ti misma, entonces, porque ningún otro hombre se meterá entre esas piernas.

Me sonrojo de indignación, probablemente a un rojo más oscuro que mi pelo, pero antes de que pueda pensar en una respuesta, la puerta de Maxim se abre, y uno de los hombres me entrega mi bolso.

—Pondré las maletas en el maletero —le dice a Maxim, y luego me lanza una mirada de reojo, arrodillada a los pies de mi marido, y sonríe con suficiencia.

—No la mires —ordena Maxim, cerrando la puerta de golpe en la cara del tipo. Me agarra del codo y me ayuda a volver al asiento junto a él—. Lo siento por eso —dice y me sorprende—. Debería haber llamado primero.

—Supongo que crees que me posees —le digo furiosa,

todavía obsesionada con la reclamación que ha hecho sobre mi cuerpo.

—Creo que eres mi esposa —dice Maxim secamente, de alguna manera transmitiendo lo mucho que eso le fastidia—. Y prometo que mataré a cualquier hombre que te toque.

CAPÍTULO 3

*M*axim

El rubor desaparece del rostro de Sasha ante mi amenaza. El coche arranca en dirección al aeropuerto. Me muevo para dar espacio a la presión en mis pantalones.

No pretendía humillarla con los azotes, pero cuando sugirió un castigo simplemente no pude contenerme. Su trasero era tan condenadamente tentador en ese vestido que se ajusta a su cuerpo, y ha estado pidiendo una corrección desde que aparecí hoy.

A juzgar por lo húmeda que se puso, lo disfrutó tanto como yo. Pero no debería haber intentado satisfacerla. Ahora mismo no hay ninguna confianza entre nosotros. Además, si no se hubiera apartado, ese chacal que abrió la puerta habría visto aún más de lo que vio.

—Supongo que las mismas reglas no se aplicarán a ti.

—No dejaré que ningún hombre se meta entre mis piernas, no.

Estoy siendo un capullo, lo sé, pero ya es un dolor de cabeza, no sé cómo voy a soportar este matrimonio. Aprendí

a temprana edad que las mujeres son manipuladoras mentirosas, y sé que Sasha es una de las peores.

—¿Te acostarás con quien quieras mientras me mantienes
bajo llave? ¿Así es como funciona?

Intento contener mi irritación. Trato de reunir algo de
comprensión y compasión. No es culpa suya que piense lo
peor de mí. Su padre ejemplificó todos los comportamientos
masculinos más bajos. Le agarro el pelo y tiro de su cabeza
hacia atrás, luego deslizo mi boca por la columna de su
cuello.

—Si quieres un acuerdo diferente, *caxapok*, entonces
reclámame. —Abro la boca y le muerdo el pecho por encima
del vestido y el sujetador.

Su hermoso pecho se agita como si fuera una damisela
con corsé, desmayándose ante el audaz contacto de su caballero cortejador.

Le beso la clavícula, el hueco de su garganta. Deslizo mi
lengua entre sus pechos. Huele deliciosamente a cítricos y
especias. Como el sol y el verano. Mi polla se pone más dura
que la piedra. Ahora que la he tocado, ahora que he sentido
lo suave y exuberante que es su cuerpo, lo receptiva que es,
mi autocontrol pende de un hilo.

—¿Me estás diciendo que serías fiel si tuviéramos sexo? —
El temblor en su voz contradice el tono atrevido.

—Sí —respondo, para mi sorpresa.

Vaya. Nunca imaginé que me comprometería con una
sola mujer. Aunque, tampoco imaginé casarme. Especialmente no con una joven rica y obstinada cuya vida tengo que
proteger. Pero no, no la engañaría. No si tuviéramos un
matrimonio real.

Arquea sus redondos y abundantes pechos cuando
muerdo la tela sobre su pezón.

—N-no te creo. —Su respiración es entrecortada. Sus
manos encuentran el camino hacia mis hombros.

—Entrégate, Sasha —intento persuadirla—, y me reservaré para ti.

Me da un empujón firme, e inmediatamente la suelto y me recuesto en mi asiento. Puede que la obligue a subir al avión hoy, pero no presiono a las mujeres para tener sexo. Eso no va conmigo. Nunca.

—No soy tu puta —dice.

Entrecierro los ojos, el dolor en mis testículos me pone de mal humor. *¿Por qué coño diría eso?*

—No, eres mi esposa. Y cuanto antes lo aceptes, más fácil será para los dos.

—No tengo ninguna intención de ponértelo fácil. —Cruza los brazos y luego sus largas piernas desnudas.

—Cuidado, Sasha —le advierto—, ese camino va en ambas direcciones.

Después de un tramo de silencio, murmura malhumorada:

—No tengo mi pasaporte.

Me lo entregaron junto con toda la documentación relacionada con nuestro matrimonio, el fideicomiso y el testamento de Igor. Al parecer, Igor se lo había quitado y lo guardaba en su caja fuerte. El pasaporte y su certificado de nacimiento están a nombre de su madre. Igor tuvo cuidado de no marcarla como objetivo con el suyo. Le daré el mío, sin embargo. No tengo gente tras de mí como la tenía Igor. Ella es quien me traerá peligro, así que necesito señalar a cualquier potencial enemigo que está permanentemente bajo mi protección.

—Lo tengo yo.

Pone los ojos en blanco.

—Por supuesto que lo tienes. Porque no se puede confiar en que las mujeres guarden su propia documentación.

En contra de mi buen juicio, meto la mano en el bolsillo de mi maletín de viaje y saco su pasaporte. No confío en que no vaya a huir, así que probablemente es una idea terrible dárselo, pero tendremos que aprender a confiar el uno en el otro en algún momento. Se lo entrego.

—Confío en ti, dulzura —miento.

Parpadea sorprendida y luego me estudia con sospecha antes de guardarlo en su bolso.

Saco mi cartera, tomo una tarjeta de crédito y se la entrego.

—Puedes usar esta si la necesitas. Vladimir ya cerró las cuentas de las tarjetas que te dio tu padre.

Frunce el ceño.

—¿Lo hizo? —Niega con la cabeza—. Qué cabrón.

Asiento en acuerdo.

—¿Confías en él para cuidar de tu madre?

Se queda quieta y me dirige una mirada de reojo, luego niega lentamente con la cabeza.

—No. Creo que mi padre debía estar perdiendo la cabeza cuando ideó ese acuerdo. Todos los acuerdos.

—¿Quieres decir que tampoco confías en mí?

Se encoge de hombros.

—Se siente como un castigo. Nunca fui la hija dulce y cariñosa que él quería. ¿Por qué si no me ataría al único tipo de su organización que tiene el mayor motivo para odiarme? Debe estar cacareando desde la tumba ahora mismo.

Hago un sonido evasivo y miro por la ventana. ¿La odio por lo que hizo? ¿Por mentir sobre mí y hacer que me expulsaran del círculo de Igor?

Quizás lo hice cuando ocurrió. Eso solidificó mis sentimientos sobre las mujeres como mentirosas, manipuladoras y un dolor de cabeza. No sé si todavía lo hago. Sí, creo que es una princesa de la *mafiya* malcriada y petulante, pero también sé que es exactamente en lo que Igor la convirtió.

¿Es posible que no esté en peligro, y que esto fuera solo el castigo final de Igor para ambos? Que ejecutó algún tipo de retorcida ironía al unirnos después de habernos jodido tan bien la última vez. Que su dinero no es realmente lo que está poniendo a Sasha en peligro, sino el pegamento que nos mantiene unidos.

Supongo que podría ser.

Pero lo dudo. Conozco el funcionamiento de la Bratva. Esta es una de las muchas maquinaciones de Igor, sí, pero todavía creo que fue porque confió en mí para mantener a Sasha con vida.

No estaba seguro de los hombres que mantenía más cerca de él en Moscú.

—No te odio por el pasado —digo, finalmente, todavía mirando por la ventana—. Pero eso no significa que no vaya a castigarte.

Igor plantó la semilla de que yo tomaría represalias con ella. Después de experimentar lo placentero que fue azotar su precioso trasero, no tengo intenciones de dejarla en paz.

Siento un escalofrío recorrerla. Le echo un vistazo mientras está sentada a mi lado. Sus labios carnosos están entreabiertos, y veo un destello tanto de excitación como de vulnerabilidad. Un atisbo de aquella hermosa adolescente poco querida, desesperada por recibir atención de cualquier parte y buscándola en mí.

Pero en cuanto se da cuenta de que la estoy mirando, cierra la boca de golpe y levanta la barbilla.

—Quizás sea yo quien te castigue —resopla.

Joder.

Tal vez todo esto fue la gran y retorcida broma de Igor.

SASHA

Maxim le paga a alguien en la entrada para que se lleve nuestras maletas y nos registre, así podemos ir directamente a la fila de seguridad. Allí, paga a alguien para que nos deje saltarnos la cola.

Había olvidado lo agradable que es viajar con un hombre poderoso. No es que no tuviera dinero en mi bolso cuando iba y venía entre California y Moscú. Pero no era lo mismo. He estado protegida toda mi vida. Mis años en la USC fueron increíblemente divertidos, con libertad y nuevas amistades, pero seguía siendo solo una estudiante universitaria. No tenía poder.

No sabía cómo mover los hilos ni a quién sobornar. Aunque quizás ese sea un club secreto solo para hombres. Las mujeres confían en su belleza para conseguir favores especiales. Siempre me ha funcionado.

Mi minivestido me consigue mucha atención. Sinceramente, es más algo que me pondría para ir a bailar a una discoteca que algo para viajar. Lo mismo con las sandalias de plataforma. Me lo puse para molestar a Maxim, todavía con la impresión de que podría convencerle de que no me arrastrara a Chicago.

Pero aquí estoy, en el aeropuerto, mostrando demasiada piel. Bueno, mejor aprovecharlo. Me echo el pelo hacia atrás y coloco la cadera en pose, fingiendo que soy una estrella de cine, y que por eso nos dejan saltarnos la fila.

Maxim me rodea la cintura con un brazo y me atrae hacia él. Mi pecho roza contra el suyo, y mi pezón se endurece bajo el sujetador. Mis bragas siguen húmedas por los azotes que me dio en el coche.

Arqueo una ceja, pero no me aparto. Esperaba una reprimenda o el mal humor que mi padre solía mostrar cuando pensaba que parecía una fulana. Me gusta bastante más la respuesta de Maxim.

—¿Marcando tu territorio? —ronroneo.

—Por supuesto. —Mira alrededor—. Es eso o matar a cada hombre que te mira, y no creo que eso fuera bien visto en un aeropuerto. —Me mira desde arriba, alzándose más que yo, incluso con mis tacones de plataforma—. Me parece recordar que tienes una vena exhibicionista —dice.

Parpadeo, sorprendida por la observación.

—Así que creo que será mejor que lo acepte, o me pasaré el resto de mi vida limpiando sangre del suelo.

Me sorprende aún más su respuesta. ¿Tengo una vena exhibicionista? Mi madre siempre decía que era una exhibicionista. Mi padre me decía que dejara de mendigar atención.

Pero Maxim no lo dice como si fuera un defecto de carácter. Lo hace sonar como un fetiche. Algo sexy y excitante, no empalagoso y débil.

Me cuesta tragar, recordando de repente por qué me imaginé enamorada de Maxim cuando estábamos en Croacia. Porque él realmente me *ve*. Presta atención. Quizás sea el único hombre en mi vida que ha mirado más allá del pelo rojo y la cara bonita. Incluso cuando yo no sabía quién era, él parecía saberlo. Recuerdo sentarme en la cubierta, viendo a los delfines jugar en el agua mientras nosotros jugábamos a las cartas y escuchábamos música juntos. Mientras mi padre fumaba puros con sus hombres o se tiraba a mi madre en su camarote, Maxim era el único que se daba cuenta de mi existencia.

Por eso me ofrecí a él en bandeja.

Como una idiota.

—Mientras todos sepan que estás conmigo, no hay problema, dulzura. —Me atrae más cerca, inclinando mi cuerpo hacia el suyo, de modo que su muslo se coloca entre los míos como si estuviéramos bailando una sensual lambada en la pista de baile—. Lo tienes, así que bien puedes presumir de ello. —Me guiña un ojo, y me derrito aún más.

Maldito sea.

Aprieto mis muslos internos alrededor de su pierna. Se lo merece si le dejo una mancha húmeda en el pantalón.

No parece importarle en absoluto. Su mano se desliza más abajo, redondeando sobre mi trasero.

—Pueden mirar todo lo que quieran —murmura—. Y tú puedes darles un espectáculo. Siempre y cuando no intenten tocarte.

El oficial de seguridad nos llama y comprueba nuestros billetes y pasaporte. Maxim me mantiene pegada a su costado. Mi piel hormiguea con su cercanía, pero más que eso, una extraña satisfacción me invade. Saber que Maxim está orgulloso de que esté con él es una sensación nueva. Vale, es solo porque soy un adorno bonito, exactamente lo que mi madre era para mi padre, pero aun así me gusta la sensación. Hay un poder embriagador en ello. Uno que supongo he estado buscando toda mi vida, pero rechazaba cada oportunidad de tener porque me negaba a entregarme a un hombre. Jugaba a provocar, ponía el cebo y luego los devolvía al océano.

Ahora, no tengo elección. Pertenezco a Maxim. Y en esta ocasión, él no parece lamentarse por ese hecho.

Eso no significa que vaya a tumbarme y abrirle las piernas. No significa que vaya a ser amable o dulce o cualquiera de las cosas medievales que mi padre esperaba de mí. Pero las cosas podrían ser peores.

Mi marido cree que soy sexy y me dejará presumir de ello.

Fabuloso. Porque eso es lo único que siempre he disfrutado y en lo que he sido buena.

CAPÍTULO 4

*M*axim

—No voy a acostarme contigo —declara Sasha de nuevo en Chicago después de que la guíe por el codo, pasando junto a mi jefe y su amante embarazada y el resto de mis compañeros de suite hasta mi dormitorio.

No parece impresionada por la grandeza del Kremlin, el nombre que el vecindario le dio al edificio de veinte pisos de Ravil con vistas al lago Michigan. No suelo traer mujeres a mi suite con frecuencia, pero normalmente se quedan boquiabiertas con el ático que comparto con la élite de la hermandad: más de media planta convertida en nuestra mansión privada de la Bratva.

—¿Preocupada de que no puedas satisfacerme? —Le provoco.

Por un instante, veo que su confianza flaquea, como si hubiera tocado una herida. Cierto, probablemente la que le dejé cuando la rechacé en aquel yate en Croacia. Sin embargo, en un abrir y cerrar de ojos, lo disimula con un resoplido y sacudiendo su larga melena pelirroja.

—Como si eso fuera posible —replica, yendo a situarse

junto al muro de ventanas para mirar las luces de los barcos en el agua. Ha estado hablando en inglés desde que subimos al avión, y aparte del ligero acento, suena exactamente como una estudiante universitaria estadounidense.

A pesar de todo, a pesar de lo que me hizo, todavía me siento protector con ella. Quizás porque vi cómo la trataba su padre. Vi a la hermosa adolescente herida desesperada por ser amada.

Puede que ahora sea adulta, pero aún veo a través de su falsa valentía.

Coloco su maleta en mi cómoda y me acerco.

—No quería decir eso, *caxapok*.

Toco ligeramente sus brazos, insinuando mi cuerpo contra su espalda sin llegar a hacer contacto. Lo suficientemente cerca para sentir cómo contiene la respiración. Ver cómo se le eriza la piel del cuello. Saborear el sutil calor de su cuerpo.

—Es mi trabajo satisfacerte. —Bajo la cabeza y rozo su hombro con mis labios—. Y créeme, muñeca, quedarías satisfecha.

Deja de respirar.

No es que esté desesperado por consumar este matrimonio. Aunque Sasha está buenísima, y la química entre nosotros sigue siendo explosiva. Solo pienso que el sexo podría quitarnos la tensión. Darnos un punto de partida.

Ella odia que su padre la haya intercambiado como si estuviera vendiendo un caballo de pura raza. Odia que me haya elegido a mí, el hombre que la humilló justo cuando comenzaba a descubrir su sexualidad. Y especialmente odia que yo controle ahora sus finanzas.

Tampoco estoy muy contento de tener que cargar con ella. Pero Igor ganó mi lealtad cuando me salvó la vida y me acogió bajo su ala cuando era joven, y esa lealtad no murió cuando me desterró.

Me encantaría aparcar a Sasha en algún apartamento y fingir que no existe, pero no puedo. Su vida está en peligro, y soy responsable de mantenerla a salvo. Así que nos guste o no, vamos a vernos todo el tiempo. Probablemente durante el resto de nuestras vidas.

Así que bien podríamos sacar el mejor partido de ello.

—No va a suceder. —El rechazo de Sasha se debilita por el temblor en su voz, la calidad entrecortada de sus palabras.

Mi polla golpea contra mi cremallera. Deslizo mis manos bajo sus brazos para recorrer sus costados. Su cuerpo se derrite contra el mío. Extiendo una mano sobre su vientre y llevo la otra a apretar su pecho.

—Ahora eres mía, Sasha —murmuro contra su oído—. Podrías disfrutar de los beneficios.

Sus rodillas tiemblan. Rozo su oreja con la lengua, atrapo su lóbulo entre mis labios y lo succiono. Encuentro su pezón bajo el relleno de su sujetador y lo pellizco.

Agarra mis manos y las aparta, girándose para enfrentarme.

—No va a suceder. —Sus pupilas están dilatadas, sus mejillas sonrojadas—. Quiero un dormitorio separado.

Niego con la cabeza.

—Eso no va a suceder.

Un breve duelo de miradas ocurre. Puedo ver sus engranajes girando, y dudo que vaya a gustarme lo que producen.

—Nunca voy a acostarme contigo —afirma.

—Oh, creo que sí lo harás. Pero no será porque te obligue, dulzura. No, me lo suplicarás. Y te prometo que lo disfrutarás.

Por alguna razón, esa promesa parece hacer que su confianza flaquee por un instante, pero levanta la barbilla.

—Sigue soñando, amigo. —Sacude su cabello y se dirige al baño de la habitación.

Oigo que empieza a llenar la bañera, así que me desnudo

y me meto en la cama. No me permití dormir durante las dieciséis horas de vuelo, sabiendo que llegaríamos a Chicago de noche, así que estoy jodidamente agotado. Vi las películas que pusieron en el vuelo, pero Sasha vio su propio entretenimiento en su iPad: episodio tras episodio de *Downton Abbey*. No sé por qué me sorprendió, pero lo hizo. Cuando le pregunté, dijo que le encantaban las historias de época.

Supongo que pensé que estaría viendo algo insípido. Alguna estupidez romántica. Pero tengo que recordar que estudió teatro. Tiene sentido que le gusten las historias de época.

Dejo encendida la lámpara de la mesilla y me quedo dormido, despertándome cuando ella sale.

Desnuda.

Quiero decir, completamente desnuda. Sin toalla envuelta alrededor, solo su piel pálida y *joder*, el par de tetas más hermosas que he visto jamás. Me pongo completamente duro antes de que mi mirada haya viajado más abajo, pasando por la suave curva de su vientre para vislumbrar su… *Gospodi*… su sexo desnudo.

O se ha afeitado para mí ahí dentro, o se ha depilado con cera recientemente.

Que. Me. Jodan.

—¿Qué estás haciendo? —pregunto mientras camina hacia la cama y retira las sábanas para meterse.

—Duermo desnuda —dice.

En primer lugar, mentira. *Yerunda*. Segundo, no va a jugar este juego de manipulación sexual conmigo. No de nuevo. Esto termina ahora.

—Dulzura, si te metes desnuda en esta cama, te follaré tan fuerte y tan bien que mañana no podrás caminar correctamente.

Se queda inmóvil. Sus pezones se endurecen como tornillos, y veo cómo se le eriza la piel. Se endereza y coloca una mano en su cadera.

—Dijiste que no me obligarías.

Me encojo de hombros.

—Si quieres que me contenga, *caxapok*, mantén tu ropa puesta. Eso es todo lo que voy a decir.

Nuestras miradas se encuentran. Sus pechos perfectos suben y bajan con su respiración rápida. Lo que sea que vea en mi rostro debe indicarle que no estoy bromeando, porque se da la vuelta.

—Bien.

Observo el movimiento de su precioso trasero mientras camina con decisión hacia la cómoda. Pienso que va a abrir su maleta, pero en cambio, abre y cierra mis cajones hasta que encuentra uno con mis camisetas. Se pone una suave camiseta de algodón y viene a la cama. Sin bragas. Solo mi jodida camiseta blanca. Se mete en la cama dándome la espalda.

Lo único en lo que puedo pensar es en ese coño desnudo al alcance de mi mano. En cuánto deseo separarle las rodillas y lamerla hasta que grite. Darle todo lo que quería de mí todos aquellos años atrás.

Apago la lámpara de un golpe.

—Estás jugando a un juego peligroso, Sasha.

—Es el único que conozco —dice en la oscuridad.

Sus palabras atraviesan mi irritación por su provocación, la neblina de testosterona, para aterrizar en algún lugar de mi pecho con una punzada aguda. La honestidad de su respuesta me deja sin defensas. Por supuesto, es el único que conoce.

El sexo es la única arma que le han enseñado a empuñar.

Por eso necesito esforzarme más en desarmarla. Me giro de costado y paso un brazo alrededor de su cintura, arrastrándola hacia atrás hasta que su trasero se encuentra con mi regazo. Con gran esfuerzo, contengo mi erección mientras ella se tensa y deja de respirar.

Le beso el hombro.

—Ahora eres mía —le digo suavemente—. Lo que significa que estamos en el mismo equipo. Deja de luchar contra mí.

Ella continúa conteniendo la respiración. Siento que su vientre se tensa contra mi brazo, y luego suelta el aire con un sollozo.

La atraigo más hacia mí. Joder. Acaba de perder a su padre, con quien tenía una relación complicada en el mejor de los casos. La han casado como una novia medieval con un tipo en quien no confía y que podría destrozarla.

Toma aire y lo contiene de nuevo.

—Suéltalo —murmuro contra su nuca—. Has tenido una semana infernal.

Pero no respira. Sigue conteniéndolo hasta que mis propios pulmones sienten que van a estallar por empatía, y entonces me golpea en el ojo con el codo.

—*Blyat*. —La suelto, pero ella se gira en la oscuridad y arremete contra mí de nuevo.

Mis reflejos reaccionan demasiado rápido, y le agarro las muñecas, manteniéndola cautiva antes de darme cuenta de que necesita esta rabieta. La suelto, y ella me ataca, sollozando mientras me golpea con los puños. Aunque parece no querer hacerme daño, porque coge una almohada y la usa para golpearme en la cabeza y los hombros.

Dejo que los golpes caigan, escucho su respiración entrecortada y sus gemidos hasta que disminuyen, entonces le quito la almohada.

—Suficiente. —Le sujeto las muñecas a ambos lados de su cabeza, mi cuerpo cubriendo el suyo.

Ella gime de nuevo, un sollozo furioso. Mi boca se estrella contra la suya. Sabe a lágrimas y pasta de dientes. Deslizo mis labios sobre los suyos, más suaves, arrastrando su labio inferior hacia mi boca, luego volviendo al ataque, deslizando mi lengua entre sus labios.

Ella me devuelve el beso, gimiendo suavemente en mi boca.

Me sorprendo a mí mismo frotándome en el hueco entre sus piernas, y me detengo. Esto no se trata de sexo. No voy a forzar ese asunto. Solo quiero darle la conexión que anhela. Unir a los dos con algo más que palabras amargas y un pasado turbio.

Nuestros labios se retuercen y se entrelazan. Ralentizo el beso.

—Suficiente —murmuro de nuevo, posiblemente más para mí que para ella, y me obligo a apartarme. Me deslizo una vez más a su lado, haciéndola girar para que mire hacia otro lado y pasando un brazo alrededor de su cintura—. Duérmete, *caxapok*. Podemos seguir peleando por la mañana.

Su respiración sigue agitada y frenética durante unos minutos más, luego se ralentiza hasta la normalidad y finalmente cae en el sueño.

Solo entonces me permito sumergirme en un sueño muy necesario.

CAPÍTULO 5

S asha

Maxim se levanta primero, despertándome cuando sale de la cama. Finjo estar dormida. No sé por qué, supongo que porque no estoy lista para enfrentarlo.

No después de lo de anoche.

La forma en que me derrumbé frente a él. La forma en que me besó. Al menos estaba oscuro. No tuve que mirar su apuesto rostro después de que ha visto tanto de mí.

La verdadera yo, me refiero. No solo la yo desnuda.

Oigo la ducha encenderse, y me invade el impulso de correr.

Es un impulso literal, soy corredora matutina, pero también emocional.

No estoy huyendo de Maxim permanentemente. Eso no lograría nada. Él controla mi dinero. Y el de mi madre. Quisiera poder decir que soy una de esas chicas que le da la espalda al dinero y se aleja, pero no estoy lista para eso. Y mi madre necesita que haga esto.

Maxim afirma que mi padre lo puso a cargo para mante-

RENEE ROSE

nerme a salvo. Bueno, no me importa hacerle pasar apuros para que lo consiga.

Lo mismo que solía hacerles a los guardias que mi padre asignaba para protegernos.

Me levanto y me pongo silenciosamente unos pantalones de yoga, un sujetador deportivo y zapatillas. Me recojo el pelo en una coleta alta y sonrío para mis adentros. Que salga con nada más que un sujetador deportivo podría darle un ataque por sí solo.

No, eso es incorrecto. Me dijo ayer que debería lucirme. Esa sensación desconocida de calidez me invade de nuevo.

Rápida y silenciosamente me pongo las zapatillas y me escabullo por la puerta del dormitorio.

Hay tipos en la sala de estar, los mismos de anoche.

Maxim no se molestó en presentarme a todos, pero reconocí a algunos. Ravil, obviamente, su *pakhan*.

No llegué a conocer a su amante, la rubia guapa que estaba acurrucada con él en el sofá. Parecía embarazada, lo que va contra las reglas de la Bratva. Por supuesto, mi padre también tuvo un hijo, pero nos mantuvo escondidas. Nunca vivimos con él. Nunca se casó con mi madre ni me reconoció oficialmente como su hija hasta que me incluyó en su fideicomiso.

No hay señal de Ravil y su guapa novia esta mañana, pero un joven con una camiseta de Matrix está sentado en una mesa en la sala, trabajando en un ordenador. Otro, que se parece muchísimo a él, debe ser su gemelo, está de pie en la cocina. El tipo corpulento que mide más de metro noventa y es casi igual de ancho está apoyado en la barra del desayuno, comiendo huevos revueltos directamente de la sartén.

—Buenos días —digo alegremente en inglés. Es agradable practicar mi inglés de nuevo, y noté que todos lo hablaban entre ellos anoche.

—La princesa emerge —dice el gemelo de la cocina.

Le hago una peineta.

Él se ríe.

—Soy Nikolai. No nos presentaron formalmente anoche.

Paso junto a él sin ofrecerle la mano.

—Voy a correr —digo con voz cantarina.

—¡Maxim! —llama el otro gemelo—. Tu esposa se está escapando.

Su tono de voz es más como el que usarías para pedirle a tu compañero de piso que te traiga un vaso de agua que una verdadera alarma, y me sorprendo a mí misma simpatizando con estos tipos, a pesar de todo. Llevan los mismos tatuajes de la Bratva, pero parecen casuales y amistosos. Nada que ver con los hombres de mi padre en casa.

Al mismo tiempo, el tipo gigante se mueve más rápido de lo que podría haber previsto, levantándose de la barra del desayuno y bloqueando la puerta.

Me lo esperaba. He vivido con guardias de seguridad autoritarios toda mi vida. Definitivamente sé cómo lidiar con ellos. Pego mi cuerpo contra el del gigante.

—Tú debes ser el guardaespaldas —ronroneo, deslizando un dedo por su musculoso antebrazo, que tiene cruzado sobre su pecho.

—Sasha —gruñe Maxim en tono de advertencia desde la puerta de nuestra suite. Oigo sus pies mojados golpear contra el suelo mientras se acerca a mí.

No miro en su dirección, pero le respondo.

—Oh, ¿no te gusta cuando lo toco? —ronroneo y acaricio el bíceps del guardaespaldas.

El gigante me agarra la muñeca para detenerme en el mismo momento en que Maxim espeta:

—*No la toques.*

Exactamente como esperaba. Como dije, he estado jugando este juego toda mi vida. Aun así, la sacudida de placer al oír a Maxim reclamarme es infinitamente más satisfactoria que cuando era mi padre o uno de sus secuaces.

El gigante inmediatamente me suelta como si se hubiera quemado. Los hombres de Maxim son tan leales como los de mi padre. No estaba segura, ya que él no es el *pakhan* aquí. Bueno saberlo.

Pero entonces Maxim hace algo que mi padre nunca haría.

—Por favor —suaviza su orden anterior al bruto, con voz más controlada ahora. Llega a mi lado—. Gracias. —Hay una disculpa en su voz.

Aunque no para mí. Agarra mi coleta y la usa para tirar de mi cabeza hacia atrás. No lleva nada más que una toalla melocotón envuelta alrededor de su cintura. Las gotas de agua aún resbalan por su pecho musculoso y tatuado.

El gigante se escabulle, dejándome con mi esposo mojado y molesto.

—Te lo dije, *caxapok*. Pueden mirar, pero no tocar. —Su gruñido es casi un ronroneo también, como si disfrutara maltratándome. Sus ojos marrones arden intensamente, pero no parece enfadado. Tiene un moratón en la ceja del ojo derecho, y me doy cuenta, con sorpresa, que probablemente se lo di yo.

Intento no mostrarme intimidada. A esta parte no estoy acostumbrada. Mi padre solía abofetearme y regañarme, pero el dominio como lo ejerce Maxim, dominio sexual, es algo completamente diferente, y mi cuerpo reacciona en consecuencia. Las brasas se encienden y se convierten en llamas en mi bajo vientre.

Estiro mis labios en una sonrisa.

—No dijiste que yo no pudiera tocarlos.

—Nueva regla, entonces. —Sus ojos abandonan mi rostro, bajando hacia mis pechos, que están levantados y apretados por el sujetador deportivo. Su mirada regresa, más oscura que antes—. No juegues conmigo en esto, Sasha, o las cosas se pondrán muy sucias. —Me muerde el lóbulo de la oreja—. Pero te gusta lo sucio, ¿verdad?

Suelta mi coleta, pero enjaula mi garganta con sus dedos tatuados. Aprieta lo justo para que note su control, pero no lo suficiente para bloquear mi flujo de aire. Luego baja sus labios a los míos.

Mis partes femeninas se contraen y revolotean de excitación ante sus labios suaves acariciando los míos. Y es una caricia, totalmente en contradicción con su mano en mi cuello. No es un beso brutal y controlador, aunque tampoco me habría importado eso.

Cuando se aparta, se frota los labios como si saboreara el gusto de mi boca. Su mano todavía me mantiene cautiva.

Parpadeo mirándole, más desorientada por el beso que por todo lo demás.

—¿T-te hice yo ese moratón?

Se toma un momento, simplemente estudiándome, antes de hacer un asentimiento apenas perceptible.

—Lo siento.

Las comisuras de sus labios se curvan. Ahora viene con el beso intenso. El posesivo que estaba esperando.

Las llamas se encienden entre mis piernas mientras saquea mi boca, su lengua deslizándose entre mis labios, los suyos devorando los míos.

Mis bragas están mojadas. Probablemente humeantes.

No sé lo que es tener sexo, pero de repente lo deseo. Intensamente. No con mis dedos en el clítoris, sino con un hombre. Este hombre.

El beso continúa durante largos y sofocantes segundos. Lo suficiente como para que pierda toda orientación. El ático gira. Olvido mi propósito.

Cuando Maxim se aparta, libera mi garganta y me dirige otra mirada penetrante.

—¿Querías ir a correr?

Mi cabeza se tambalea mientras asiento.

—Iré contigo. No sales de aquí sola, te lo dije anoche.

Bueno, no exactamente. Les había dicho a los demás que no debía salir sola, no específicamente a mí. Pero he perdido las ganas de discutir, todavía intentando calmar mi pulso acelerado y enfriar mis partes íntimas.

Maxim toma mi codo y me lleva hasta el taburete al lado del gigante.

—Siéntate con Oleg. Estaré listo en un minuto.

Es una orden, pero no me resisto, necesito un momento para recomponerme. Necesito cruzar mis piernas y apretarlas para aliviar la pulsación de mi clítoris.

Miro al hombre a mi lado, que está concentrado en sus huevos.

—¿Así que eres Oleg? ¿El ejecutor, supongo?

El hombre gigante no me mira.

—No habla —ofrece Nikolai. Ahora está en el sofá, cambiando de canal.

Lo observo, dejando un poco de lado mi papel de chica mala. No es sordo porque evidentemente oyó la orden de Maxim de no tocarme. Me pregunto si su mutismo es una elección o una limitación física. Tiene los tatuajes que demuestran que pasó tiempo en una prisión siberiana. Me pregunto si le ocurrió algo allí.

El hermano que lleva la camiseta desgastada y descolorida de Matrix entra en la cocina y abre la nevera. Abre una caja de pizza en la encimera y saca una porción.

—Siento lo de tu padre —dice en inglés con la boca llena.

Me encojo de hombros.

—Está muerto. —Es todo lo que puedo decir sobre él.

El joven arquea las cejas.

—Déjame adivinar, ¿Igor era un padre de mierda?

Resoplo sorprendida por el reconocimiento, con un

atisbo de sonrisa tirando de mis labios. Ninguno de los hombres de mi padre en Rusia habría pronunciado jamás tales palabras. Pero ya estamos fuera de su territorio.

—Formábamos parte de su célula antes de que nos mandara con Ravil. Soy Dima, el hermano de Nikolai.

Me cae bien al instante, y por extensión también su hermano. Probablemente por la única razón de que llamó a Igor un padre de mierda. Además, tienen esa cosa de familiaridad instantánea que me tranquiliza. Y no se quedan mirando mis tetas.

Maxim aparece con unos pantalones cortos de deporte y una camiseta, con zapatillas de correr en los pies. Parece sentirse cómodo con esa ropa, como si corriera habitualmente. Este detalle frustra mi plan de salir corriendo y hacer que me siga, y me provoca un nervioso estremecimiento. Quizás seré yo quien tenga que esforzarse para seguirle el ritmo.

—Vamos, dulzura. —Me agarra del codo con esa forma dominante que tiene y me dirige hacia la puerta.

—¡Adiós, chicos! —exclamo con falsa alegría.

—¿Por qué haces eso? —me pregunta Maxim cuando entramos en el ascensor.

Me aparto de él tanto como puedo, apoyándome contra la pared opuesta y llevando mi pie hasta mi trasero para estirar el cuádriceps.

—¿Qué?

—Actuar como si fueras demasiado buena para ellos. O como si te estuvieras burlando.

Algo se hunde en mi vientre y se asienta pesadamente como una piedra. Me han llamado perra antes, mayormente a mis espaldas. Tantas veces.

Pero nadie me ha preguntado nunca *por qué* interpreto ese papel. Casi como si supiera que es una actuación, no mi verdadera personalidad.

Maxim de repente se está poniendo serio conmigo.

Cambio de pierna y me encojo de hombros.

—¿Se supone que debo fingir que son mis amigos? No me mudé con ellos por voluntad propia. Me los impusieron, igual que a ti. Igual que a cada guardaespaldas o niñera con la que mi padre me ha cargado.

Un músculo salta en la mandíbula de Maxim.

—Muy bien, aclaremos algo —espeta mientras se abre la puerta del ascensor.

Salgo disparada, pero él me agarra del codo otra vez y me hace retroceder.

—No te alejes corriendo de mí. —Me mira con el ceño fruncido, una línea entre sus cejas—. Esos hombres no son tus guardaespaldas. No son tus sirvientes, no son tus niñeras. No fueron enviados para espiarte. Son mis jodidos hermanos.

La piedra en mi estómago se hace más pesada.

—Sí, te cargaron conmigo, dulzura. Y a mí me cargaron contigo. Y vamos a sacar lo mejor de ello.

—Según tú —le devuelvo, pero un terrible sentimiento de vergüenza se filtra, alimentado por esa roca que sigue asentada justo en medio de mi estómago.

Estaba actuando como una perra. Estoy actuando como la princesa mimada de la *mafiya* que siempre he sido. El papel que detesto pero que interpreto a la perfección.

Pero si no lucho con Maxim, no sé qué hacer. No sé cómo ser. Y la sensación de vulnerabilidad que esto suscita casi me mata.

Maxim no suelta mi codo. Me mira con una expresión preocupada como si intentara tomar una decisión, pero después de varios segundos peligrosamente largos, todo lo que dice es:

—Vamos, hay un sendero en la orilla del lago que es agradable para correr.

Una sensación de alivio me inunda como si acabara de liberarme de algún gancho en el que ni siquiera sabía que estaba atrapada. Inclina la cabeza hacia las puertas de cristal del elegante edificio.

Saluda con la mano al portero, que es claramente de la Bratva por sus tatuajes.

Trotamos, uno al lado del otro, por un camino pavimentado junto al lago. No estoy acostumbrada al calor, y pronto estoy empapada de sudor, pero se siente bien moverme después del largo vuelo de ayer y el ligero jet lag que todavía siento.

Corremos en silencio durante media hora más o menos. Maxim me deja marcar el ritmo, pero se mantiene fácilmente. Tenía razón: definitivamente es un corredor habitual.

—¿Cuánto tiempo sueles correr? —pregunta.

La verdad es que estoy empezando a sentir calor y cansancio, pero ahora mi orgullo me impide decir nada.

Me encojo de hombros.

—Puedo seguir.

—Ven aquí. —Se desvía del camino hacia una calle de la ciudad, cruzando una intersección y reduciendo el paso a caminar.

—¿Qué estamos haciendo?

Empuja la puerta de una tienda de conveniencia.

—Comprando algo de agua. Pareces acalorada.

—No hace falta mucho para que una pelirroja se vea acalorada —murmuro, pero en secreto agradezco que esté pendiente de mí.

Compra una botella grande de agua con electrolitos, la abre y me la entrega.

Bebo con sed y se la devuelvo, medio vacía.

Él se termina una cuarta parte y aplasta el centro de la botella antes de volver a ponerle el tapón.

—Podemos volver por donde hemos venido, por el paseo

del lago, o podríamos ir más despacio a través de las calles de la ciudad donde hay más sombra, pero menos brisa.

Es extraño, pero por primera vez en mi vida, me siento como una adulta. Cuando vivía en Los Ángeles, lo pasé en grande, de fiesta con mis amigos de la universidad. Pero aquello seguía siendo yo comportándome como una rebelde. Esto se siente diferente. Uno de los hombres de mi padre me está tratando como a una igual. Preguntándome qué quiero hacer y esperando mi respuesta. No tengo que salir corriendo para que me persiga. No tengo que engañarle ni manipularle.

Está simplemente ahí de pie, esperando a que yo tome la decisión.

Le recompenso con una sonrisa. No del tipo *te tengo cogido por los huevos* sino una genuina.

—El camino del lago, sin duda. Pero déjame ver esa botella de agua.

Me la devuelve, la destapo y me echo una buena cantidad por el escote, empapando mi sujetador deportivo. No lo hago para joderle, es porque tengo calor.

Bueno, y quizás para joderle un poquito. Como él señaló, tengo una vena exhibicionista.

Por un momento, pienso que está cabreado, y quizás lo está porque me agarra la coleta y tira de ella hacia atrás para dejar mi garganta al descubierto. Después lame una larga línea desde mi garganta y a través de mi clavícula hasta hundirse entre mis pechos.

Mi sexo se contrae, y cuando levanta la cabeza me quedo sin aliento.

—Has derramado algo de agua —dice, como si fuera una explicación.

Mis piernas tiemblan, probablemente solo por la carrera, pero de repente soy muy consciente de ello.

Su mirada baja a mis pechos, y mis pezones hormiguean y arden en respuesta.

De repente le deseo. Desesperadamente.

Todo este fingir que no, toda esta resistencia parece estúpida. Tengo un marido atractivo. No cualquier marido atractivo, sino el hombre que literalmente moldeó mi visión de lo que hace que un hombre sea atractivo. Cuando miro a todos los demás chicos, los estoy midiendo en comparación con este.

Y él me desea ahora.

Pero eso me recuerda cómo una vez no me quiso. Mi absoluta humillación, cuánto me quemó aquel rechazo. No. No voy a ceder. Que se aguante las ganas. Mi virginidad es lo único sobre lo que todavía tengo control en mi vida.

Salgo corriendo por donde hemos venido y siento que me alcanza rápidamente. Me da una palmada en el culo cuando lo hace, de una manera fuerte y satisfactoria, y luego camina a mi lado a mi ritmo. Mi trasero hormiguea y arde mientras corro, avivando el recuerdo de aquella azotaina que me dio en el asiento trasero del coche en Moscú. La forma en que me tocó después.

¡Uf! No puedo pensar en ello. Nada de sexo.

No voy a tener sexo con Maxim.

Pero mientras corro, la fricción entre mis piernas persiste, alimentando el calor en vez de aliviarlo. Miro hacia abajo y veo mis pezones sobresaliendo visiblemente bajo mi sujetador deportivo mojado. Señor, ten piedad. Será mejor que corra directamente hacia una ducha fría.

CAPÍTULO 6

*M*axim
Se requiere toda mi fuerza de voluntad para no seguir a Sasha a la ducha, empujarla contra los azulejos y lamerle cada centímetro del cuerpo hasta que me suplique que me la folle. Me duelen los huevos por meterme entre esos pálidos muslos, y sé que ella está tan necesitada como yo, pero no soy del tipo que se impone. Esto es obviamente un juego a largo plazo.

Una puta vida entera.

Blyat, todavía no puedo creer que tengo una esposa.

Me distraigo del dolor en mis huevos encontrando su teléfono. Lo llevo al salón y se lo lanzo a Dima, el hacker más formidable de Rusia, y ahora de Estados Unidos.

—¿Podrías pasarla a mi cuenta?

Dima atrapa el teléfono, pero me lanza una mirada escéptica.

—¿Tengo pinta de ser tu representante local de Verizon?

—Sabes lo que necesito. —Hago un círculo con el dedo en el aire.

—Ajá. —Todavía suena escéptico, pero abre la parte

trasera de su teléfono y comienza a desmontarlo, añadiendo el chip de rastreo que funcionará independientemente de si su teléfono está encendido.

—Necesito que empieces a rastrear a todos los que entren al país desde Rusia.

Nikolai interviene.

—¿Cada persona? ¿Para qué?

—Bueno, ¿puedes cruzarlos con todos los miembros conocidos de la Bratva rusa? —pregunto, mirando hacia Dima, que está negando con la cabeza de manera sufrida.

—¿Quieres saber si alguien va a por ella? —pregunta Nikolai.

—Sí.

—¿No podría cualquiera contratar un sicario aquí? —añade Pavel.

—No tendrán tantos contactos aquí. Sería más difícil.

—Puedo configurar un análisis de datos y comparación de nombres para todos los pasajeros de Rusia —admite Dima—. Será un dolor en el culo, pero no es difícil. Me llevará un par de días, pero puedo hacer que busque retroactivamente. Pero, ¿y si consiguen una nueva identidad antes de venir?

—¿Quién crees que vendrá y por qué? —pregunta Nikolai.

—Si ella muere, el fideicomiso beneficiará a su madre, pero lo controlará Vladimir como fideicomisario. Él se quedó cargado con Galina.

—Así que crees que Vladimir enviará a alguien.

—Sí.

—Entonces hackeamos a fondo su célula y con suerte nos enteramos de cualquier plan antes de que se ejecute —dice Nikolai.

Me encojo de hombros.

—Si podéis.

Es difícil engañar a un ladrón. Dudo que tengamos

mucho éxito hackeando su célula, pero, por otro lado, Dima es el mejor, y Nikolai tampoco se queda corto.

—Para el teléfono, ¿quieres el paquete completo de acosador? ¿El Lucy? —pregunta Dima, refiriéndose al acceso completo que se dio a todos los datos de entrada y salida del teléfono y portátil de la novia embarazada de Ravil después de que Ravil la secuestrara.

—¿Qué es *el Lucy*?

Lucy elige ese desafortunado momento para entrar en el salón. Tiene un brillo constante, tanto por el embarazo como, supongo, por la cantidad de tiempo que pasan encerrados juntos en el dormitorio, por el número de orgasmos que Ravil le provoca.

Dima y Nikolai se aclaran la garganta y miran hacia otro lado en un clásico reflejo gemelo.

Pavel, nuestro brigadier, dice en voz alta:

—¿Está sonando mi teléfono? —Y se levanta del sofá y se marcha.

—Nadie está rastreando tus datos ya —dice Ravil con suavidad, acercándose por detrás y extendiendo sus manos sobre su vientre hinchado.

Los dos lograron ponerse de acuerdo mientras yo estaba en Moscú, pero las cosas estuvieron difíciles durante un tiempo. Temía que Ravil pusiera en riesgo toda nuestra organización por su hijo nonato al traer a Lucy aquí como su prisionera. Y él suele ser el más sensato de todos nosotros.

Le besa el cuello.

—Te lo prometo. —Le lanza una mirada de advertencia a Dima—. Díselo.

Dima levanta las manos en señal de rendición.

—Solo hago lo que me dicen. —Solo se dirige a Lucy.

Ella se gira para mirar por encima de su hombro a Ravil.

—¿Y tú le dijiste...?

—Se lo estoy diciendo ahora. Deja de rastrear sus datos.

Excepto el localizador. —Le mordisquea el lóbulo de la oreja
—. Necesito saber dónde estás, *kotyonok*. Por seguridad.

—Y la seguridad, por supuesto, es la única razón por la
que estoy rastreando la ubicación de mi esposa en todo
momento —explico como si Lucy fuera nuestra jueza. De
alguna manera, supongo que lo es. Como persona ajena a la
organización, estadounidense y abogada, aporta una perspectiva y sensibilidad completamente nueva al ático.

Ella entrecierra los ojos hacia mí.

—No pretendes mantenerla encerrada aquí, ¿verdad?

—En absoluto. Pretendo ayudarla a crear una vida en
Chicago. Y que no la maten aquellos que quieren la fortuna
de su padre. Es actriz. ¿Tienes algún contacto en el teatro?

Pasé la mayor parte del vuelo tratando de averiguar cómo
hacer que las cosas funcionaran con Sasha, y lo único que se
me ocurrió para mantenerla feliz fue involucrarla en el
teatro. Darle alguna salida creativa para ayudarla a superar el
dolor del plan no compartido de su padre.

—No, pero puedo preguntar. —Lucy camina hacia la
cocina y hurga en el refrigerador buscando los pierogis que
Ravil siempre tiene a mano para ella.

—¿Dónde está mi teléfono? —Me giro para ver a Sasha de
pie en la puerta de nuestro dormitorio, vistiendo unos pantalones cortos de jean y...

—Ni de coña —gruño, lanzándome hacia ella.

El miedo y la excitación brillan en sus ojos mientras me
acerco furioso a mi esposa, que no lleva más que un maldito
sujetador de encaje negro en la parte superior, con sus tetas
desbordándose como una alegre celebración de juventud y
sexo.

La cargo sobre mi hombro y la llevo de vuelta al dormitorio, cerrando la puerta de un taconazo.

—Ni de coña —repito.

—¿Qué? —pregunta, sin aliento, mientras la dejo caer de culo sobre la cama—. Dijiste que podían mirar.

—He cambiado de puta opinión —gruño.

Me paso una mano por la cara, dando vueltas al pie de la cama. Está húmeda, sonrojada y hermosa. Como una mujer a punto de ser devorada.

Por mí.

Abre esos labios carnosos para decir algo, pero muere en su aliento cuando agarro sus tobillos y tiro de sus piernas hacia abajo hasta que forman una amplia V alrededor de mi cintura. Cambio mi agarre a sus muñecas, inmovilizándolas junto a su cabeza mientras froto mi erección en el hueco entre sus piernas.

—Esa política se basa en que yo no tenga los putos huevos cargados —gruño.

Sus ojos se abren como platos y se queda muy quieta, como si supiera que soy un maldito animal salvaje a punto de atacar. A punto de reclamar a mi presa de forma brutal.

Embisto contra ella, haciendo que suelte un jadeo.

—Y en que yo esté a tu lado.

—Entendido —susurra, sin aliento.

—¿Sí? —Sigo cabreado, con un deseo insatisfecho que me produce cortocircuito en el cerebro.

—Sí. —Se lame los labios carnosos—. Lo siento.

Me relajo, medio arrepentido de haberla intimidado tanto como para que se disculpe. No me gusta verla disminuida. No me molesta el tira y afloja entre nosotros; me gusta su fuego. Ni siquiera me importan sus juegos, hasta cierto punto.

Rozo mis labios con los suyos, luego le muerdo el inferior y lo arrastro entre mis dientes hasta que sale con un chasquido.

—Este problema entre nosotros podría resolverse fácilmente —le digo. Cuando sus ojos buscan los míos, me empujo de nuevo entre sus piernas con mi polla endurecida.

Sus piernas se tensan alrededor de mi cintura mientras inhala.

—*Nyet*. —Aparta la cara y yo me echo hacia atrás al instante.

Respeto el *no* de una mujer.

—Tú te lo pierdes, *caxapok*. —Le ofrezco mi mano para ayudarla a bajar de la cama—. Solo ten cuidado. En algún momento, mi correa se romperá.

Cuando toma mi mano, percibo un temblor en sus dedos. El rubor en sus mejillas me cautiva, pero actúo como un caballero, ayudándola a ponerse de pie y dejándola vestirse mientras me meto en la ducha para masturbarme por segunda vez esta mañana.

—Me estás matando, *printsessa* —le grito desde el baño mientras me coloco bajo el chorro de agua.

—Ese es mi plan —canturrea ella.

CAPÍTULO 7

S asha
        Nunca dejes sola en casa a una princesa de la mafia hambrienta de atención.

Sonrío para mis adentros mientras saco la tarjeta de crédito de Maxim en el aeropuerto de O'Hare y embarco en el primer avión a Los Ángeles.

Como mi teléfono aún no ha empezado a sonar, apuesto a que Maxim ni siquiera se ha dado cuenta de que me he marchado.

¿Adivina quién ha vuelto a Estados Unidos, zorras? Envío un mensaje grupal a Ashley, Kayla y Sheri, mis tres excompañeras de piso y mejores amigas de la universidad. *Voy a vuestra casa. ¿Fiesta esta noche?*

¡¡¡DIOS MÍO!!! Sheri es la primera en responder. *¡Sí, mil veces sí! ¿Dónde estás ahora?*

A punto de embarcar en un avión a Los Ángeles, les contesto.

¿¡Desde RUSIA!?

No, desde Chicago. Estaré allí en un par de horas.

Kayla es la siguiente en responder con una hilera de

emojis de alcohol y un *¡AAAAHH! ¡Salgo a las seis! ¡Tengo muchas ganas de verte!*

Luego Ashley: *¿Por qué no nos dijiste que venías? Me apunto totalmente a la fiesta de esta noche. ¡¡¡¡¡No puedo esperar!!!!! Estoy en casa ahora.* Su mensaje va seguido de cinco líneas de caritas felices, cócteles y emojis de gorros de fiesta.

Hay varias adiciones más, confirmaciones y gifs de chicas de fiesta. Me recuesto y sonrío. Mis cuatro años en la USC fueron la mejor época de mi vida, y el lugar donde hice amistades duraderas con mujeres tan locas como yo. Volver a verlas es una de las cosas buenas de mi nueva situación. Y, sinceramente, estoy encantada de estar de vuelta en Estados Unidos. Moscú me asfixiaba.

No tengo ninguna duda de que Maxim me alcanzará antes de que acabe la noche. Incluso si no puso un rastreador en mi teléfono, cosa que estoy segura de que hizo, acabo de usar su tarjeta de crédito para comprar mi billete.

Pero ese es el punto. Ser una molestia y hacer que me persiga. Es lo que solía hacer con los guardaespaldas y espías que mi padre enviaba para vigilarme. Tengo la intención de volver loco a ese hombre. Después de todo, debería ganarse los millones de los que acaba de tomar control, ¿no?

Aun así, me muerdo el labio inferior, espero no haber ido demasiado lejos. Maxim tiene una forma de colarse bajo mis defensas que me desestabiliza. Lo que, si soy completamente sincera, es la verdadera razón por la que estoy escapando.

La situación se estaba volviendo demasiado intensa.

Para ambos.

Después del incidente de ayer cuando aparecí en sujetador, Maxim se hizo el desaparecido, dejándome sin nada que hacer excepto ver la televisión con sus compañeros de piso.

No regresó hasta la hora de cenar, cuando me llevó a una cafetería cercana, y volvió a desaparecer cuando regresamos. Bueno, eso no es del todo cierto. No podía mantenerme despierta porque el cambio de hora me afectó, y me fui a la cama temprano, dejándolo en la sala de estar.

Esta mañana salió a correr conmigo, pero luego estuvo trabajando con los gemelos en el ordenador todo el día. Esta tarde volvió a desaparecer.

Me gusta pensar que me evita por culpa de su frustración sexual. Algo por lo que no me arrepiento lo más mínimo. Pero no me gustó cómo me sentí. Ignorada. Abandonada. Encerrada.

Así que la primera vez que la sala de estar quedó vacía, lo que parece ser una rareza allí, me fugué. Agarré mi bolso, el grande que había preparado previamente con algunas cosas, y cerré la puerta de mi dormitorio como si estuviera encerrada leyendo. Puede que no noten que me he ido hasta que Maxim regrese.

El tipo de la puerta principal intentó detenerme, pero me enfrenté a él y actué como la niña mimada de la Bratva.

—¿Sabes quién soy? ¿No? Soy Aleksandra Antonova, hija de Igor Antonov, jefe de Ravil y esposa de Maxim Popov. Te puedo asegurar que a mi marido no le gustaría que me tocaras o me detuvieras ahora mismo.

El tipo soltó mi brazo como si estuviera hecha de fuego.

—Un momento, señora Popov. Él me dijo que no la dejara salir sin acompañante.

El tipo miró alrededor, desesperado por encontrar a alguien que lo ayudara. Estoy segura de que debatía si era peor abandonar su puesto o dejarme ir.

Cambié de táctica y me volví encantadora.

—Está bien. Maxim sabe que solo voy a la tienda a comprar algunos productos de *higiene femenina* —susurro la parte de higiene femenina.

Se apartó aún más.

—Le diré a Maxim que estás haciendo un gran trabajo

vigilando tu puesto aquí abajo. ¡Muchas gracias! —Moví los dedos para despedirme y salí rápidamente por la puerta.

Esquivar a mi seguridad es un talento que he perfeccionado.

Ahora tengo el teléfono apagado para que Maxim no pueda localizarme, y estaré en Los Ángeles al anochecer. Lista para salir de fiesta como en los viejos tiempos.

Aunque con Maxim, seguramente habrá consecuencias. Pienso en cómo me puso sobre sus rodillas y me dio unos azotes en Rusia y mis partes íntimas se calientan. Estoy totalmente trastornada porque en realidad espero que lo vuelva a hacer.

Me excitó mucho más de lo que me gustaría analizar. Pero *él* me excita mucho más de lo que me gustaría analizar.

Me pongo los auriculares para ver repeticiones de *Juego de Tronos*. Después de mi maratón de *Downton Abbey* en el viaje hasta aquí, todavía tengo ganas de series de época. *Juego de Tronos* parece adecuado para mi vida actual. Al fin y al cabo, eso es lo que todos estamos jugando entre nosotros.

Maxim

Regreso al ático con un anillo de esmeralda en el bolsillo con suficiente brillo como para verse desde la luna. Tiene pequeños diamantes alrededor y por toda la banda, y lo grabé con nuestros nombres. Odiaba ver el anillo de Igor en el dedo de Sasha, el constante recordatorio de la farsa de boda que tuvimos. También odiaba su simbolismo. Como si realmente estuviera casada con su padre y no conmigo.

Abro la puerta del ático con ligereza en el paso, pensando que por fin he hecho algo bien en lo que a ella respecta.

No está en la sala de estar. Nikolai y Dima están allí,

discutiendo acaloradamente sobre la mejor manera de segmentar y cotejar datos de las aerolíneas.

—¿Dónde está Sasha? ¿Está en mi habitación?

Dima me dedica una mirada.

—*Da*. Lleva un buen rato ahí dentro.

Una sensación de inquietud me invade. Quizás no debería haberla dejado sola. Cruzo a zancadas el salón y abro la puerta de golpe.

No está Sasha.

Y su gran bolso de viaje ha desaparecido.

Joder.

Mierda.

Compruebo el baño, aunque sé que no estará allí.

Gospodi. Nunca se puede confiar en las mujeres: siempre están llenas de mentiras, engaños y trucos.

Sin quererlo, el recuerdo del cruel engaño de mi madre se reproduce como una película de terror que nunca podré borrar de mi mente.

Sé que está mintiendo, pero no quiero creerlo. Prefiero fingir que todo es como ella dice.

—Esto es solo algo temporal, Max. Volveré en una semana o dos, un mes como máximo. Sé bueno y haz lo que te digan.

El director del orfanato me pone un brazo sobre los hombros, apartándome suavemente de ella.

El pánico surge en mí. Agarro el brazo de mi madre e intento sujetarla mientras ella se aleja.

Las lágrimas que brillan en sus ojos son la prueba de que miente.

No va a volver.

No lloro porque ella me dijo que no lo hiciera. Soy un buen chico. Hago lo que me dicen. Como. Duermo. Me siento y aprendo.

Espero.

Espero y espero.

Cinco años fingiendo que sus palabras eran verdad.

RENEE ROSE

Entonces dejo de fingir, fuerzo mi ventana y me escapo.

Me echo a la calle con las lecciones que aprendí: siempre vigila tu espalda, confía solo en ti mismo y, lo más importante, no se puede confiar en las mujeres.

Y ahora me han cargado con una esposa que también se dedica a los trucos y al engaño.

—¡Rastrea su teléfono! —rujo a Dima y Nikolai al salir.

—Joder, ¿en serio? —dice Dima—. Lo siento, Maxim. Creía que estaba ahí dentro. —Endereza los hombros frente a su ordenador, y sus dedos vuelan sobre las teclas.

Quiero gritar y descargar mi ira contra ellos por perder a mi esposa, pero en realidad la culpa es mía. Debería haber puesto a Oleg en la puerta como hizo Ravil cuando capturó a Lucy. No quería que se sintiera como una prisionera, pero ya ha demostrado ser una fugitiva.

Con suerte, solo ha salido de compras con mi tarjeta de crédito. Demostrándome a mí y a ella misma que no es una prisionera y que puede hacer lo que quiera.

—*Blyat* —maldice Dima en ruso—. Está en Los Ángeles. Te estoy enviando el rastreador a tu teléfono.

Los Ángeles.

Otra vez, que me jodan. Ahí fue donde fue a la universidad. Probablemente ha ido a visitar a sus amigos. O a sus antiguos lugares favoritos.

Me maldigo por no saber más sobre ella. Debería haberla visitado cuando estaba en la universidad en Estados Unidos. Pero no tenía interés en enredarme con ella otra vez. No después de cómo me había jodido.

Además, a pesar de ser expulsado de la célula de Igor, yo seguía perteneciéndole. Lo que significaba que ella seguía considerándose absolutamente prohibida. No es que yo tuviera interés en seducirla.

O en ser seducido.

Y sabía por experiencia que incluso una visita amistosa podía descarrilarse completamente.

Maldita sea. Parece que voy a Los Ángeles.

Seguro que le encanta este juego de persecución.

Pues va a descubrir que hay consecuencias por portarse como una malcriada.

Hago una maleta rápidamente y pongo mi pistola en una funda para facturarla.

—¿Quieres que vayamos contigo? —pregunta Nikolai.

—No. Ella es mi problema. Puedo ocuparme yo.

La idea me produce cierta satisfacción. El castigo podría ser justo lo que necesitamos. Soy un hombre dominante en la cama. Sé cómo infligir un poco de dolor con placer. Sin duda podría hacer que Sasha pagara de una manera que sea beneficiosa para ambos. Derribar sus murallas y hacer que me suplique satisfacción.

Quizás tengo demasiada confianza, pero creo que una vez que se rinda a mí sexualmente, nuestra batalla de voluntades cesará. Ahora mismo, sus murallas están demasiado altas. Mientras se niegue a recibir placer de mí, puede seguir luchando.

Tomo un taxi al aeropuerto y subo al próximo vuelo a Los Ángeles.

Sasha

—¡La rusa está en la casa! —grito cuando Kayla me abre la puerta de par en par. Solo ver a la bajita y vivaracha rubia me hace feliz.

Entro pavoneándome en el apartamento como la reina que regresa a su castillo. Se ve muy similar: el sofá rojo brillante y los sillones que compré con las tarjetas de crédito de mi padre, la alfombra bajo la mesa de centro. Incluso los cuadros en las paredes son los que yo colgué.

No compré a mis amigas, al menos no lo veo así. Me dieron tanto... pero vivimos completamente del dinero de Igor en el último año. Mis amigas disfrutaron de esa vida gratis y, a cambio, me abrieron sus corazones y su mundo.

—¡No pases de largo sin un abrazo! —me regaña Kayla, dándome una palmada juguetona en el trasero. Me giro, y ella se lanza sobre mí, apretándome con fuerza—. Te he echado mucho de menos.

Ashley y Sheri están justo detrás de ella.

—¡No puedo creer que estés aquí! ¿Cuánto tiempo te puedes quedar? —pregunta Sheri.

Las dos son rubias en diferentes tonos, estamos en California, después de todo, realzadas con costosas mechas. Ambas podrían ser modelos. Cuando las cuatro salíamos juntas por la ciudad, atraíamos muchísima atención.

Una morena alta que no reconozco se aclara la garganta de manera significativa.

—Esta es Kimberly —dice Kayla—. La conocí haciendo teatro durante las cenas. Ella ocupó tu habitación.

—Pero no mi lugar en vuestro corazón —digo inmediatamente, adoptando una pose de actriz de la vieja Hollywood.

—Nunca. —Sheri se ríe—. ¿Entonces cuánto tiempo, chica? ¿Tienes dónde quedarte? Puedes dormir en mi habitación si quieres.

—Dudo que me quede toda la noche. Me escapé de mi guardián, y probablemente me alcanzará —digo con pesar—. Espero que no sea antes de que podamos divertirnos.

—¡Dios mío, eres tan mala! —Ashley me da una palmada en el brazo—. ¿Volviste a escabullirte de los guardaespaldas de papá?

No estaba vigilada en la universidad como lo estaba en casa. Pero de vez en cuando, pillaba a algún tipo con los familiares tatuajes negros siguiéndome. Haciendo fotos para enviárselas a mi padre. Mis amigas y yo solíamos jugar con ellos, corriendo para lanzarnos sobre ellos, sentándonos en sus rodillas o lamiéndoles el cuello. Solo para incomodarlos y desestabilizarlos. Era divertido. Jugué a ese juego por mi cuenta antes, pero mis amigas lo convirtieron en una especie de torneo. Se convirtió en nuestro objetivo hacer que mis vigilantes se retorcieran.

—Bueno, esta vez papá no me puso un guardaespaldas. —Levanto mi mano izquierda—. Arregló un matrimonio.

—Oh, mierda —murmura Ashley.

—¿Qué? ¿En serio? —balbucea Kayla—. ¿Cómo funciona eso? ¿Por qué?

—¿Cuál es el asunto? —insiste Sheri.

—Pues murió la semana pasada. Y supongo que no se sentía cómodo dejándome su fortuna sin un hombre que la controlase. Así que tuve que casarme con este tipo o no heredar nada.

—Tiene que ser una broma —dice Kimberly en voz baja. Ni siquiera la conozco, pero agradezco su compasión—. ¿Estás bien? Eso es muy intenso.

—Lo siento mucho, Sasha —dice Kayla, dirigiéndome sus grandes ojos marrones de muñeca—. Es una locura. Y también siento lo de la muerte de tu padre —añade como una ocurrencia tardía.

Me encojo de hombros.

—Sí. A mí también me afecta más la parte del matrimonio. —Sé que hay cierto dolor por mi padre, también, pero está tan contaminado que no puedo experimentarlo.

—¿Entonces es ruso? ¿Por qué estás aquí? —pregunta Sheri.

—Es ruso, pero vive en Chicago. Se llama Maxim.

—¿Es viejo y feo?

Sonrío con ironía.

—No es viejo. —Niego con la cabeza, pensando en el atractivo rostro de Maxim. Su forma de vestir y comportarse como salido de GQ, solo los tatuajes delatan su crianza humilde—. Tampoco es feo.

—¿Qué tal es en la cama? —pregunta Kimberly.

Niego con la cabeza.

—Me he estado resistiendo.

—¿Todavía? —exige Kayla.

Ella y mis antiguas compañeras de piso saben que nunca tuve sexo con hombres cuando vivía con ellas. Practicaba sexo oral con frecuencia porque me gustaba el poder que me daba sobre un hombre, pero nunca dejé que nadie entrara en mis bragas. Sin embargo, nunca les dije a mis compañeras que era virgen. Quizás lo adivinaron, pero me gustaba fingir lo contrario.

—¿De verdad odias a los hombres? —exige Ashley.

Me encojo de hombros otra vez.

—Simplemente no creo que este tipo deba tener control sobre mi herencia y mi cuerpo sin que yo tenga nada que decir al respecto. Y como no puedo hacer nada para cambiar la parte de la herencia...

—Te resistes —concluye Kimberly.

—Pero ¿qué pasa con tus necesidades? —dijo Kayla—. Creo que es un error pensar en el sexo como algo de lo que solo los hombres sacan provecho. Quiero decir, Dios sabe que a veces es cierto, especialmente con los universitarios, pero ¿si encuentras un hombre de verdad? Ellos saben cómo ganárselo.

—Ajá —concuerda Sheri.

—Sí, él no deja de prometerme que quedaré satisfecha —admito.

—¡Pues haz que *trabaje*! —me anima—. Deberías sacar más provecho de este acuerdo.

—Mmm. Quizás. —Puede que tengan razón, pero tengo

este temor sombrío de que una vez que entregue mi virginidad a Maxim, él me poseerá por completo.

Y a pesar de que guardé mi virginidad para mi marido, tal como mi padre me había ordenado, ahora que ha llegado el momento, no creo que se la merezca. Como si mi propia virginidad fuera un tesoro que debería haber tenido que ganarse.

Estuve tan dispuesta a entregársela una vez. Pero él me rechazó.

Perdió su oportunidad.

CAPÍTULO 8

*M*axim

Después de registrarme en el Chateau Marmont, el famoso hotel boutique de Hollywood conocido por guardar los secretos más escandalosos de las celebridades, mantengo un ojo en el localizador de Sasha. Revisé los cargos de mi tarjeta de crédito y coinciden con el viaje a Los Ángeles; no es que simplemente le dio su teléfono a alguien para despistarme.

No, imagino que Sasha sabe perfectamente que la localizaré aquí y la llevaré de vuelta a casa; solo quiere hacerme trabajar.

Y divertirse mientras tanto.

Según Dima, la dirección donde ha estado las últimas horas es un apartamento cerca de USC, el mismo en el que vivió el año pasado. Parece que está visitando a alguien, tal vez una compañera de piso.

¿Un amante?

La idea me inquieta. Más que inquietarme. Me golpea en el estómago.

Nunca le pregunté si había tenido una relación anteriormente. Quizás tenía un novio en Moscú el día que nos casamos. Quizás por eso odiaba irse.

No, eso no parecía correcto. Estaba dolida y enfadada por el matrimonio, no con el corazón roto.

Pero la posibilidad de que tenga un antiguo amante viviendo en Los Ángeles se asienta como un ladrillo en mi estómago. No me gusta la sensación de celos que produce.

Mis dedos se cierran en puños. Si Sasha va a jugar este juego conmigo, la dejaré a su suerte. Puede volver a Moscú con una diana en la espalda. Que se las arregle sola. No voy a jugar con ella.

Su marcador se mueve. Lo observo hasta que se detiene y entonces amplío la imagen. The Colony. Es un popular club nocturno de Hollywood. Con los celos irracionales todavía desgarrándome la garganta, llamo a un coche y me dirijo al club, mostrando un flamante billete de cien dólares para saltarme la fila que rodea la manzana.

El lugar está repleto de gente guapa por todas partes, cuerpos entrelazándose al ritmo de la música pulsante. Busco a una pelirroja en particular, totalmente preparado para sacarla de allí y mostrarle el látigo, pero cuando finalmente la encuentro, mi furia se desvanece.

No está con un hombre.

Lleva un vestido rojo de cuello halter ajustado al cuerpo, sentada con un grupo de jóvenes igualmente hermosas y escasamente vestidas. Probablemente sus amigas o compañeras de la universidad. Están de fiesta, pasándolo bien, como deberían hacer las jóvenes hermosas. Como debería hacer Sasha, si fuera una chica normal de veintitrés años.

Una que no fuera heredera petrolera en la Bratva rusa con cientos de criminales tras su fortuna.

Lo que me detiene por completo, sin embargo, es la sonrisa que ilumina su rostro. Están sentadas en un reservado circular, bebiendo cosmopolitans y riendo. Sasha parece completamente a gusto. En casa. Su rostro está luminoso y relajado, lleno de vida y alegría.

Es tan diferente del semblante altivo y cerrado que me ha mostrado desde el día de nuestro matrimonio. De repente me invade la culpa. No es que piense que nada de esta mierda sea culpa mía. Es de Igor, sin duda. Pero siento lástima por Sasha y la posición en la que ha sido puesta.

Siento lástima por mí también, por cargar con la responsabilidad de mantenerla con vida. Su dinero no es suficiente para endulzar el paquete. Me iba bien aquí sin ello. Ravil ha ganado millones en bienes raíces, y yo también he comenzado a construir mi propia riqueza. Nada como la de Sasha o la de Ravil, pero suficiente para mí. Si no hubiera sentido una obligación tan fuerte hacia Igor, tal lealtad, le habría dicho que buscara a otro incauto.

Encuentro un lugar para quedarme cerca de la barra al otro lado de la sala. Un sitio donde puedo vigilar para asegurarme de que Sasha y sus amigas estén seguras, pero donde ella no me note. Pido un chupito de Beluga y observo. He estado comprobando los alrededores desde que llegué, buscando cualquier cosa que parezca fuera de lugar. Cualquier hombre con tatuajes como los míos, cualquiera que esté vigilando a mi esposa.

Esposa. Esa palabra todavía me resulta extraña.

No noto ninguna amenaza.

Suena una canción que hace que todas se iluminen con lo que parece ser un recuerdo compartido. Hay gritos y risas, y apuran sus bebidas para levantarse a bailar. Tengo que escuchar un momento para reconocerla. Es la versión remix de "Chandelier" de Sia.

Las jóvenes ondulan y se mueven con la música, y su belleza y evidente disfrute atrae la atención de los tiburones que las rodean. Los hombres se acercan por todos lados.

Aprieto los dientes, pero me quedo donde estoy. Dejaré que se divierta por ahora. Mientras nadie...

Oh, joder, no.

En el momento en que un tipo pone sus manos en sus caderas, salgo disparado de mi silla.

SASHA

Después de cenar en nuestra taquería favorita, mis amigas y yo fuimos a un club para bailar. Llevo un diminuto vestido rojo y unos tacones de aguja que había metido en mi enorme bolso. En la pista de baile con mis amigas, me lo estoy pasando en grande a pesar de la sensación de que hay una bomba a punto de explotar.

Maxim no ha llamado ni enviado mensajes, lo que probablemente significa que está de camino o ya está aquí. No tengo ninguna duda de que me alcanzará, por eso tengo la intención de disfrutar al máximo hasta que lo haga.

Estoy achispada, así que tardo un minuto en darme cuenta de que algún imbécil ha puesto sus manos en mis caderas desde atrás. Estoy a punto de decirle que retroceda cuando Maxim aparece de repente frente a mí.

Solo hace falta una mirada para saber que está *furioso*. No irritado, como si fuera a echarme sobre su hombro y sacarme de aquí, sino letalmente furioso.

A menudo olvido, a propósito, que los hombres de mi padre son asesinos.

Trago saliva.

—Quítatelo de encima, o su sangre estará en tus manos —habla en ruso, para que solo yo lo entienda.

Podría apartar al tipo con el codo, pero antes de que se me ocurra la idea, llego a una mejor solución. Me lanzo hacia delante y rodeo con mis brazos el cuello del enemigo. Quizás sea culpa de los cócteles. Quizás sea puro instinto de supervivencia. Dicen que las mujeres no huyen ni luchan: tendemos a crear vínculos. Pues bien, estoy creando un vínculo con mi verdugo.

No es un abrazo. Me amoldo completamente a su cuerpo, pegando mis caderas contra sus piernas, cabalgando uno de sus muslos como una vaquera sobre un toro, todavía ondulando al ritmo de la música. Mis pechos presionan contra sus costillas, mis labios rozan su cuello.

Al instante, me rodea con un brazo fuerte, su palma se extiende en mi espalda baja y luego desciende para agarrar mi trasero y ayudarme a cabalgar su pierna. Después de unos segundos, siento que la furia en él se disipa. Su cuerpo se ablanda contra el mío. Se balancea al ritmo de la música.

—Así está mejor —murmura en inglés.

Menos mal. Me doy cuenta de que estoy temblando, y la mayor parte de mi embriaguez ha desaparecido con la adrenalina. Por un momento, pensé que era a mí a quien quería estrangular. Pero no era así; era al imbécil que me estaba tirando los tejos.

Al menos, eso espero. Ya no percibo la peligrosa agresividad en él.

Saber que es peligrosamente posesivo conmigo no debería producirme escalofríos de emoción, pero lo hace. Una parte de mí adora que apareciera para reclamarme. Y probablemente estoy tentando a la suerte, definitivamente estoy tentando a la suerte, pero considerando lo agradable que es bailar con él, no quiero irme todavía.

Estoy segura de que vino para meterme en un avión de vuelta. Espero plenamente que me ate a su cama cuando regresemos. Oh, maldita sea, ese pensamiento me excita.

Pero es tan increíblemente maravilloso estar con mis

amigas otra vez. Me siento más yo misma de lo que me he sentido en un año. Con mis amigas, puedo ser yo misma, reír y divertirme.

—Maxim —comienzo, sonando sin aliento—. ¿Podemos, por favor... quedarnos solo un poco más?

Él mueve sus caderas en círculos, llevando las mías a dar un paseo sobre su pierna. Estoy bastante segura de que mis bragas están empapadas. Probablemente voy a dejar una mancha húmeda en su pierna.

—Sí, podemos quedarnos —dice, balanceándonos de lado a lado—. No he venido hasta aquí para no conocer a tus amigas estadounidenses.

Exhalo con incredulidad. No esperaba que fuera tan complaciente.

Pero entonces dice:

—Tengo todo el día de mañana para castigarte.

Probablemente debería estar preocupada, y lo estoy... un poco. Pero principalmente el aleteo en mi vientre es de excitación. Quizás sea por el oscuro y aterciopelado ronroneo en su voz cuando lo menciona.

Me atrevo a levantar mi rostro hacia el suyo y echar un vistazo a su expresión. Es difícil de interpretar. Me mira fijamente con una mirada oscura e inescrutable. Quizás un toque de indulgencia.

Me pongo de puntillas y muevo mis labios contra los suyos. Es un beso tentativo. No como mi habitual provocación. Un beso real, aterrador y sensual.

Él no me devuelve el beso, solo me deja hacer lo mío, lo que lo hace aún más insoportable. Estoy acostumbrada a ser aquella a quien los hombres intentan besar. La que rechaza o acepta el beso. No la que se expone, esperando que el gesto sea recibido. Esa vulnerabilidad escuece.

Me aparto suavemente, y él me mira desde arriba.

—¿Esa es tu disculpa? —pregunta.

Asiento.

Me acaricia la mejilla con el dorso de sus nudillos. Su otra mano todavía sujeta firmemente mi trasero, como si estuviera mostrando a todos los hombres aquí que le pertenezco.

—Está bien —murmura y baja su boca a la mía de la misma manera lenta y exploratoria con la que yo le besé. Sus labios se deslizan sobre los míos. Sabe a menta y vodka.

Cuando deslizo mi lengua en su boca, su miembro se alarga contra mi vientre.

—Tengo algo para ti —dice cuando termina el beso. Mete una mano en su bolsillo.

No sé qué esperaba: ¿un par de esposas? ¿Una regla para golpear mis nudillos? ¿Un collar para enganchar una correa? Pero es una pequeña caja de anillo. Toma mi mano izquierda y desliza el anillo de mi padre fuera de mi dedo, luego lo deja suelto en su bolsillo como si no fuera nada más significativo que una moneda. Espero, la anticipación del momento me deja sin aliento.

Todavía estoy temblando, ya sea por mi miedo ante su repentina aparición o por el beso o por el anillo que está a punto de darme, no puedo estar segura. Abre la caja y saca un anillo grande y hermoso.

Delicado pero enorme, si eso tiene algún sentido. La esmeralda central es grande y preciosa, pero la banda es delgada y cubierta con los mismos pequeños diamantes que enmarcan la esmeralda.

Lo desliza en mi dedo, y me queda perfectamente. No estoy segura de cómo lo logró.

—¿Te gusta?

Le asiento. Creo que en otras circunstancias podría haber fingido que no, no habría querido darle esa victoria. Pero me ha pillado por sorpresa. Apareció, como esperaba, pero no montó una escena ni siquiera lanzó un puñetazo al tipo que me tocaba. Y en lugar de despotricar, vociferar y ejecutar un castigo, me entrega un hermoso anillo de boda.

Un regalo considerado y caro que realmente disfrutaré llevando. Me sienta bien y, honestamente, me encanta.

—¿Qué es esto? —Ashley agarra mi mano y la levanta para que las demás lo vean. Chillan y se agrupan estrechamente alrededor de nosotros.

—¿Es tu anillo de boda? —exige Kayla.

—¿Este es Maxim? —pregunta Sheri al mismo tiempo.

—¿Os uniréis a mí en un brindis? —pregunta Maxim.

Es tan condenadamente suave, tan astuto. En cierto modo lo odio por ello porque he sido víctima de su encanto en el pasado. Pero también me encanta porque lo ha activado para mis amigas, que son muy importantes para mí. No es que necesite que les guste, ya les conté toda la historia del medieval matrimonio arreglado, pero quiero que vean a lo que me enfrento.

Quizás no me importaría que les gustara.

Nos conduce fuera de la pista de baile. Por supuesto, nuestro reservado ha sido ocupado, pero Maxim levanta un billete de cien dólares entre sus nudillos y al instante una camarera nos encuentra. La misma que tardó cuarenta y cinco minutos en llegar a nuestra mesa cuando estábamos sentadas allí antes.

—Una botella de Moët y seis copas.

La camarera se derrite por él. O quizá solo sea por su dinero, pero, en cualquier caso, resplandece con más fuerza que una bombilla de mil vatios y nos invita a un rincón del bar donde descorcha y entrega el champán en una cubitera con hielo. Comienza a servir, pero Maxim toma el control con elegancia, levantando la barbilla con su seductora sonrisa para despedirla.

Ella pestañea coquetamente y desaparece, diciéndole

que la llame si necesita cualquier otra cosa. Él la agarra del brazo, y ella se inclina de nuevo mientras él pide algo más, y yo rechino los dientes. Quizá sea tan posesiva como Maxim.

—Por mi hermosa esposa —dice Maxim después de servir el champán en las seis copas y repartirlas.

—Felicidades a ambos —dice Kayla.

—Por vosotros dos —coinciden las demás.

—*Na Zdorovie* —digo, recordando a mis amigas la versión rusa de *salud*.

—¡*Nostrovia!* —corean todas, incluso Kimberly. Las demás debieron enseñárselo, lo que me hace sonreír; mi presencia fue honrada y recordada.

Maxim me mira a los ojos y mi estómago revolotea.

—*Na Zdorovie.* —Choca su copa con la mía. Apura su copa y la usa para señalarnos—. Decidme, ¿cómo os conocisteis todas? ¿Sois todas actrices?

Kayla sonríe.

—Yo lo soy. —Pasa un brazo sobre mi hombro—. Estuvimos juntas en teatro durante los cuatro años. Y conocimos a estas dos haciendo promociones en nuestro tercer año. —Señala a Sheri y Ashley—. Vivimos todas juntas el último año. Y esta es nuestra sustituta de Sasha. —Levanta la barbilla hacia Kimberly—. Es nuestra nueva compañera de piso y también trabaja para la empresa de promociones.

—No hay quien sustituya a Sasha —digo, derramando unas gotas de mi champán mientras levanto los brazos para que admiren mi figura—. Sin ofender, por supuesto. —Le guiño un ojo a Kimberly, aunque estoy segura de que sabe que estoy bromeando.

—¿Qué promociones? —Maxim parece desconcertado.

—Nos disfrazábamos con ropa provocativa para promocionar nuevos productos en lanzamientos. —Me encojo de hombros—. Como para nuevos alcoholes, bebidas energéticas o barritas de comida. Pagaban en efectivo y era divertido.

—Me imagino que te divertías. —Esta vez estoy segura de detectar indulgencia en la mirada de Maxim—. ¿Una ronda de chupitos?

¿Por qué está siendo tan amable conmigo?

Me pone en alerta, esperando que caiga el martillo.

—¡Por supuesto! —gritan mis amigas, y Maxim levanta otro billete de cien dólares en el aire para conseguir atención inmediata.

—Seis chupitos de tequila Cazador. Con sal y lima.

—¡Tequila! —vitorean mis amigas. Su felicidad es contagiosa. Me hace relajarme y olvidar mis preocupaciones sobre Maxim.

Cuesta más que el billete de cien dólares, y saca su cartera para otro. Mientras está hablando con la camarera, Ashley articula sin voz las palabras, *está buenísimo*.

Echo un vistazo, irracionalmente orgullosa de que mis amigas lo piensen.

Realmente *está* buenísimo. Lleva una impecable camisa de diseñador, abierta en el cuello, con un aspecto perfecto a lo californiano. Como si supiera que iba a venir a un club de moda. Pero así es como siempre viste, al menos desde que nos casamos hace una semana.

—Me cae bien —dice Kayla en voz alta, inclinándose sobre la barra confidencialmente.

—Me gusta para ti —concuerda Sheri, señalándome—. Hazlo trabajar. Seguro que es bueno.

Maxim vuelve a prestar atención, y mis amigas sonríen pícaramente. Él lo capta todo con una sonrisa de satisfacción.

—Apuesto a que vosotras os metéis en todo tipo de líos. —Su mirada se desliza hacia un lado, y de repente tira de mi mano—. Vamos, se ha liberado una mesa.

Nos ponemos en marcha para reclamar un perfecto reservado circular como el que teníamos antes. Otro grupo intenta ocuparlo al mismo tiempo, pero Maxim se gira para enfrentarlos, bloqueándolos con su cuerpo.

—Ni lo sueñes, colega. —Uno de los tipos de su grupo empieza a tocarle las narices—. Hemos estado esperando esta mesa.

Enlazo mi brazo con el suyo y hablo con el tipo.

—No te metas con el ruso —digo, dejando que mi acento salga con fuerza—. Te limpiará el suelo con la cara.

Maxim no se mueve. No habla. Solo mira al tipo con una intensidad que podría cortar el cristal.

—Vámonos. —Las mujeres que acompañan al aspirante a héroe lo alejan tirando de él.

Me deslizo en el reservado con mis amigas, y Maxim toma el asiento del extremo, nuestro protector.

—Te encanta el drama, ¿verdad, *caxapok*? —Parece imperturbable.

La crítica me llega demasiado cerca: era de lo que mi padre siempre me acusaba, de necesitar atención. De ser una reina del drama.

—¿Qué?

—Nada. Solo debes saber que cuando te involucras así, duplicas las posibilidades de que haga daño a alguien.

—¿Cómo es eso?

Mis amigas están escuchando, y me pongo inquieta, pensando que quizá no sea algo que debería airear delante de ellas.

Maxim parece divertido, sin embargo. Se encoge de hombros con naturalidad.

—Porque si te faltan al respeto, *tendría* que matarlos.

Mis amigas suspiran ante su comentario. Supongo que es algo digno de admiración. Especialmente si no sabes que probablemente se refiere a matar *literalmente*.

Me salva de responder la llegada de nuestra camarera, o

debería decir *su* camarera, porque definitivamente está pendiente de él.

Coloca un vaso de chupito de tequila frente a cada uno de nosotros, junto con un platillo de rodajas de lima y el salero.

Maxim alcanza el salero, adelantándose a mí.

—Body shots. Yo elijo la ubicación.

Le miro parpadeando. Sé lo que son los body shots. Los he hecho antes con chicos tontos de la universidad. Pero nunca con el hombre viril y atractivo que tengo al lado. El tipo con el que estoy casada. El hombre con el que mis amigas y el alcohol que ya he consumido han disminuido mis inhibiciones.

Dudo, esperando ver dónde pondrá la sal, pero elige un lugar inofensivo: la membrana entre el pulgar y el índice. Lo lame y espolvorea la sal, luego sostiene la lima entre los dientes.

Mientras tanto, mis amigas observan, esperando para tomar sus chupitos y que comience el espectáculo.

Él acerca su mano a mis labios. Lamo, me tomo el chupito de un trago y muerdo el limón entre sus labios mientras mis amigas vitorean y gritan.

—¿Vas a compartir, chica? Porque quizás yo también quiera lamer un poco de eso —dice Kimberly con un guiño.

Sé que está bromeando, probablemente intentando empujarme a tener sexo con Maxim, pero no puedo negar la punzada de celos que me golpea en el pecho. Es eso, junto con mi recién descubierto exhibicionismo, lo que me hace coger un limón y el salero.

—Ven a por ello, grandullón.

Froto el limón sobre la parte superior de uno de mis pechos donde la piel se muestra por encima del vestido, y luego espolvoreo sal encima. Le lanzo una mirada de *¿te atreves?*, aunque no tengo ninguna duda de que, efectivamente, se atreve.

Sí, hace todo un espectáculo de ello, y yo soy el centro de atención, exactamente como me gusta. Se acerca lentamente y arrastra su lengua sobre la sal. Luego pasa la lengua de nuevo, y una tercera vez, antes de deslizarla por debajo del escote de mi vestido y provocar mi pezón.

—Mmm…

Se incorpora y mantiene mi mirada mientras se toma el tequila. No chupa el limón entre mis dientes. En su lugar, me besa intensamente, retorciendo y girando el limón entre nuestros labios mientras mantiene mi nuca cautiva.

Cuando finalmente se detiene, escupo el limón sobre la mesa y jadeo en busca de aire.

Kayla se abanica.

—Dios mío. Así que así es como se hace.

—Vuestro turno. —Maxim guiña el ojo, y mis amigas se salan sus propios pulgares y se toman sus chupitos.

Una ronda de botellas de agua aparece como por arte de magia; Maxim debió pedirlas antes de que la camarera se fuera la última vez.

—Vamos a bailar —sugiero, algo borracha después de haberme bebido la mitad de mi agua.

Maxim se levanta para dejarme salir.

—¿Quieres que vaya contigo o me quedo aquí guardando la mesa?

Pongo mis manos en su pecho, chocando accidentalmente contra él cuando pierdo el equilibrio. ¿Por qué es tan condenadamente amable conmigo?

Oh, mierda, lo he preguntado en voz alta. Definitivamente necesito bailar para quitarme de encima ese chupito de tequila.

Me pongo de puntillas y le planto un beso torpe en los labios.

—Gracias por guardar nuestra mesa —digo y me tambaleo hacia la pista con Kayla y Ashley. Las otras dos se quedan atrás con Maxim. Me giro cuando estoy a unos pasos de distancia y señalo entre ellas—. Nada de body shots con él mientras no estoy. Es mío.

La sonrisa divertida de Maxim envía cascadas de calor a mi vientre y me recorre los muslos por dentro.

Mi marido es guapísimo.

CAPÍTULO 9

M *axim*
 A mi esposa y sus amigas les gusta la atención que reciben en la pista de baile. Soy un hombre posesivo, extremadamente posesivo. Y cuando ese *mudak* puso sus manos sobre ella, me moría de celos. Pero no soy de esos tipos que necesitan que su mujer se tape y no exhiba los dones que Dios le dio. Especialmente si eso la excita.

Las mujeres bailan y regresan. Les ofrezco agua y después pido otra ronda de cócteles, que no terminan. La siguiente vez que salen a bailar, voy con ellas. Hay plataformas de unos sesenta centímetros a las que la gente puede subirse para bailar contra la pared, y llevo al grupo hacia allí. Sostengo la mano de Sasha para estabilizarla y señalo con la barbilla hacia la plataforma. Hay gente bailando en ella, pero proyecto suficiente autoridad, como si fuera el dueño del lugar y yo decidiera quién puede bailar en los mini escenarios, que los que están ahí deciden bajarse.

A Sasha le encanta. Se sube y atrae a sus amigas. Gira y salta de placer. Me mira desde arriba con el calor de la lujuria inducida por el alcohol y el exhibicionismo en sus ojos.

—¿Vas a subir? —me grita por encima de la música.

Niego con la cabeza.

—Estoy vigilando.

A sus amigas les encanta eso. Gritan y suspiran. Pero no lo dije para causar efecto. Literalmente estoy montando guardia. Desde donde bailo, veo destellos de bragas bajo sus faldas cortas, y cualquier tipo que lo tome como una invitación para acercarse va a recibir mis nudillos en su estómago.

Hay un arte para saber cuándo abandonar una fiesta cuando hay alcohol de por medio. Quieres irte justo después de su punto álgido, cuando todo sigue siendo perfecto y divertido, pero no estás demasiado ebrio.

Observo hasta que su euforia comienza a marchitarse, y entonces las bajo de la plataforma y las llevo afuera para que respiren aire fresco. Una vez que se refrescan, sugiero que es hora de irnos.

Sasha recoge su bolso grande del guardarropa, y meto a sus amigas en el primer taxi que espera frente al exclusivo club. Camino hasta la ventanilla del conductor y le entrego un billete de cien dólares.

—Esto es para su viaje. Si no llegan a casa sanas y salvas, te buscaré y te mataré.

Sasha me golpea el brazo mientras el taxista asiente con la cabeza y acepta el dinero.

—No puedes decir eso.

—Puedo —replico—. Lo hice. —Reclamo un segundo taxi para nosotros.

Sasha niega con la cabeza. Está en algún punto entre achispada y borracha, así que todos sus movimientos son exagerados y lentos.

—Como eres hombre, puedes imponer tu autoridad de esa manera. No hay forma de que yo pudiera r-recrear esa escena y que el taxista me tomara en serio. —Le sostengo el codo mientras se tambalea en la acera, luego la ayudo a entrar en la parte trasera del taxi y la sigo.

—Chateau Marmont —le digo al conductor.

Sasha sigue rumiando la injusticia.

—No creo que ni siquiera pudiera conseguir que esa camarera me diera un buen servicio. Y es *mi* dinero el que estás derrochando.

—Era el mío —la corrijo.

—Da igual, sigues teniendo todo el poder. Yo no tengo ninguno.

Entablar una discusión filosófica con ella en este estado probablemente sea mala idea, pero lo hago de todos modos. Tiene razón: hacer de macho alfa es fácil cuando lo eres, pero ella se ve a sí misma mucho más débil de lo que es.

—El poder no es algo que se reparta solo por género. Y *definitivamente* no es algo que te otorguen los demás. Es una elección que haces por ti misma. O reaccionas ante los demás, o reclamas tu propio poder.

—Claro. ¿Cómo crees que debería haber tomado mi propio poder cuando mi padre me llamó para decirme que me casara contigo o perdería mi herencia? ¿Eh? ¿Debería haberle dicho que se fuera a la mierda? ¿Es eso lo que tú habrías hecho?

Tiene razón.

Pero yo también.

—No, Sasha. Pero ahora estás casada conmigo, y tienes una opción. Puedes seguir empujándome y provocándome, huyendo y haciéndome perseguirte para intentar quitarme el poder. O puedes decidir que eres mi igual y hacer tus exigencias. Dime qué necesitas de mí para que esto funcione.

Me mira parpadeando, con los ojos muy abiertos, en silencio por un momento. Luego dice:

—Pero no quiero que funcione.

Sus palabras me golpean como un bloque de cemento en la cabeza.

—¿Cuál es la alternativa, *caxapok*? ¿Nos divorciamos y el dinero va para Vladimir? ¿O nos separamos, y uno de los hombres de tu padre te secuestra o te mata por tu fortuna?

—Ya hice mis exigencias. —Me golpea el brazo con el dorso de la mano—. Te pedí que me dejaras quedarme en Moscú. ¿Y cómo me fue con eso? ¿Eh? Ah sí, recuerdo, ¡terminó contigo llevándome al coche como un saco de patatas!

Mis labios se contraen ante el recuerdo y su temperamento.

—Mi capacidad para mantenerte con vida es posiblemente la única razón por la que tu padre me eligió. Dejarte en Moscú no conseguiría eso.

—Vale, entonces exigí mi propio dormitorio. ¿Y qué conseguí con eso?

El taxi se detiene frente a nuestro hotel. Le pago, y él abre la puerta de Sasha. Rodeo el vehículo para tomarle la mano.

—No confiaba en que no te escaparas. Y con buena razón, al parecer.

—¿En serio solo estás hablando de sexo cuando me dices que exija lo que necesito? —pregunta Sasha mientras entramos en el vestíbulo.

Pongo mi dedo sobre sus labios con una sonrisa porque está hablando demasiado alto, y ella se ríe.

—¿Es eso? —vuelve a preguntar mientras la guío por el pasillo—. ¿Quieres que exija sexo? Mis amigas creen que debería hacerlo.

Abro nuestra habitación, y ella mira alrededor, dándose cuenta de su entorno por primera vez.

—¿Dónde estamos?

—Chateau Marmont.

Ella se da la vuelta y abre los brazos.

—Siempre he querido alojarme aquí.

Me acerco, mis manos tocando ligeramente su cintura.

—Y ahora lo has hecho.

Se tambalea, parpadeando. Probablemente sea incorrecto intentar seducir a mi esposa cuando ha estado bebiendo, pero he estado duro como el hormigón desde que se me lanzó por primera vez en la pista de baile.

—¿Cómo lo exigirías? —la incito, deslizando mis manos por sus caderas hasta llegar al dobladillo muy corto de su vestido. Lo subo poco a poco.

—Verás, la cosa es que no creo que te lo merezcas —me dice.

Por otro lado, su estado achispado hace que este sea el momento perfecto para averiguar qué planes se están gestando en esa hermosa cabeza suya.

—Tienes razón —acepto—. No me lo merezco. No después de que te ofrecieras tan lindamente antes, y yo no aceptara. —Mientras hablo, lentamente subo su vestido por encima de su trasero, luego por su torso y sobre su cabeza.

Ya está. Está todo al descubierto. Tal vez podamos dejar esto atrás de una vez por todas.

Está deslumbrante con un sujetador rosa y un tanga a juego. Curvilínea, voluptuosa y perfecta.

La compostura de Sasha se desmorona un poco, probablemente tanto por haber sido desnudada como por el recordatorio. Pero siendo mi fogosa y hermosa esposa, se desabrocha ella misma el sujetador, permitiendo que sus pechos queden libres y reboten. Tiene un 100 completo y está jodidamente preciosa con su piel pálida y pezones rosados. Deja caer el sujetador al suelo, levanta la barbilla y sujeta sus hermosos pechos con orgullo.

—Bueno, esto es lo que te perdiste, Max. Y no tendrás una segunda oportunidad.

—Sasha, te deseaba entonces y te deseo ahora. —Me acerco a su espacio, desabrochándome la camisa y tirándola al suelo—. Si no hubieras tenido diecisiete años y no fueras la hija del *pakhan*, habría estado encima de ti todas las noches durante ese viaje. —Me quito la camiseta—. Créeme.

Aprieta la mandíbula como si no quisiera creerme, pero sé que tengo su atención. Por una vez, estoy diciendo lo correcto.

Me arriesgo y le toco suavemente la cintura. Dejo que mis dedos se deslicen bajo la cinturilla de su tanga. No lo muevo. Es solo una sugerencia de lo que podría hacer.

—Dulzura, tu padre me habría matado. Y no habría sido una muerte rápida y misericordiosa. Me habría cortado las pelotas. Cortado cada dedo que te hubiera tocado. Y luego me habría degollado mientras escuchaba cómo suplicaba desangrándome.

Ella niega con la cabeza y se muerde los labios carnosos. En lugar de retroceder, se inclina hacia mí, sus pezones rozando contra mi pecho desnudo.

—No solo me rechazaste. Fuiste y *se lo contaste a mi padre.* —Me golpea el pecho. La acusación y la traición en sus ojos me atraviesan. Especialmente cuando un brillo de lágrimas cubre sus ojos—. ¿Sabes lo que hizo? —Intenta empujarme, pero no me muevo—. Me abofeteó y me llamó puta. —Ella me abofetea.

Joder. Mi corazón se retuerce por ella. Igor fue un padre de mierda. Le acaricio la mejilla como si pudiera calmar el escozor de la bofetada de hace años.

—Nadie volverá a abofetearte jamás, esto te lo prometo. No si quieren seguir viviendo.

Ella parpadea rápidamente.

—Joder, dulzura. Lo siento. Lo siento mucho. Pero tuve que decírselo. —Dejo que mis manos se posen en sus caderas de verdad y la maniobro suavemente hacia la cama—. Igor era tan retorcido que temía que fuera una prueba. Como si te hubiera dicho que me tentaras para averiguar si yo era leal. Si respetaba su ley. E incluso si no era una prueba, si cualquier otra persona en ese yate le hubiera dicho que te había visto entrar o salir de mi camarote, yo habría sido hombre muerto. No era algo de lo que pudiera esperar a ser acusado; tenía que ser proactivo. Pusiste mi cabeza en el patíbulo cuando entraste en esa habitación.

Dejo de guiarla antes de que la parte posterior de sus piernas toque el colchón. Quiero tumbarla, pero esta conversación es demasiado importante para apresurarla. Debería haberla tenido con ella el día que nos casamos.

—No te perdono —dice enfurruñada, y percibo la mentira.

—Dame otra oportunidad —le suplico—. Por lo que recuerdo, estabas en medio de mi cama. —Le levanto las caderas para dejarla caer en la cama—. Solo que no llevabas esto. —Alcanzo el tanga, yendo despacio por si protesta.

No lo hace. Sus pupilas están dilatadas mientras se recuesta sobre los codos y me observa arrastrar el trozo de tela por sus piernas.

No está completamente depilada, sino que tiene un pulcro recorte castaño rojizo. Su vientre se estremece.

—Preciosa —murmuro—. Eras hermosa entonces, pero eres aún más hermosa ahora.

—¿Qué ha cambiado? —Su voz es ronca.

Le empujo las rodillas hacia arriba, abriéndolas ampliamente y me acomodo entre sus piernas.

—Ahora puedo tenerte.

Ella intenta cerrarlas bruscamente alrededor de mis orejas.

—No he dicho eso.

Le lamo, y ella jadea, apretando los muslos aún más. Agarro sus piernas y acaricio una de ellas con la palma de la mano.

—No lo decía en ese sentido. Solo que ahora eres adulta e Igor está muerto.

La verdad es que ni siquiera me permití mirarla la noche que la encontré en mi habitación. Quiero decir, la vi, pero forcé a mi mente a ignorar lo que vi. Ni siquiera tuve una erección porque sabía que estaría mal.

Muy mal.

Vuelvo a abrirle las rodillas suavemente y la recorro con la lengua, trazando sus zonas rosadas, luego succionando su clítoris entre mis labios.

Intento introducir mi dedo índice dentro de ella, pero está tremendamente apretada. Se queja ligeramente. Cuando levanto la vista para leer su expresión, encuentro su rostro ligeramente alarmado.

Se me pone la piel de gallina cuando me doy cuenta: mi esposa podría ser virgen después de todo.

—¿N-no ibas a castigarme? —Sus mejillas se sonrojan, no puedo estar seguro de si es excitación o vergüenza.

Sé que está desviando mi atención, pero me encanta que lo haya preguntado. Es la segunda vez que me recuerda su castigo. Estoy pensando que la idea le gusta tanto como a mí. El castigo probablemente le parece más seguro ahora que dejarme conquistar ese coño suyo, especialmente si es virgen como estoy empezando a sospechar.

Sonrío con suficiencia.

—Iba a esperar hasta la mañana cuando estuvieras sobria, pero si quieres tu azotaina ahora, estaré encantado de dártela.

No le doy la oportunidad de responder, simplemente coloco mi mano bajo un lado de sus caderas para girarla boca abajo. Ella separa un poco las piernas, como una buena chica. Le doy unas palmadas en el culo y froto.

Joder. Sasha *es* una buena chica. Puede que juegue a ser mala todo el día, pero al final, mantuvo este coño prístino porque Igor le dijo que lo cerrara. Me engañó. Engañó a todos. Pero el acto de provocación sexual era una manipulación. Debajo de todo, mi esposa es inocente.

Incluso engañó a Igor porque él afirmó rotundamente que no era virgen.

Era un imbécil.

Deslizo mis dedos entre sus suaves muslos y froto. Su sexo llora, ávido de atención. Extiendo la humedad hasta rodear su clítoris y vuelvo otra vez. Luego le doy varias palmadas fuertes.

—Eso es por dejar que ese *mudak* te tocara —le digo, usando la palabra rusa para *cabrón* en lugar de la inglesa—. Esa es la parte que no perdonaré tan rápido. —Acaricio de nuevo, provocando su entrada con la punta de mi dedo antes de introducirlo.

Ella abre más las piernas, levantando el trasero para darme mejor acceso.

—Estaba a punto de darle un codazo cuando llegaste.

Bombeo lentamente con mi dedo mientras le doy unas palmadas en el culo con mi mano libre.

—Más vale que eso sea jodidamente cierto.

Ella gime.

—Lo es. —Su acento se ha vuelto más marcado.

Me retiro de su interior y caliento de nuevo su trasero con otra ráfaga de azotes. Empiezo suave y gradualmente aumento la fuerza detrás de los golpes hasta que ella comienza a retorcerse y a estirar la mano hacia atrás. Le agarro la muñeca y le doblo el brazo tras la espalda.

—Eso es por hacer que me subiera a un maldito avión para perseguirte

Le doy una palmada en la parte posterior de sus piernas, y ella grita, insultándome en ruso. Su piel de porcelana resplandece rosa con las marcas de mis manos, y no puedo negar la oleada de posesividad que experimento al admirarla.

Deslizo mi dedo medio entre sus piernas al mismo tiempo que mi pulgar se hunde entre sus nalgas para rozar su orificio trasero. Ella aprieta sus nalgas con fuerza contra la intrusión.

Le doy una palmada en el trasero con mi mano libre y continúo trabajando mi dedo medio más allá de su estrecha entrada mientras aplico presión con mi pulgar. Empujo sus nalgas para separarlas y dejo caer un poco de saliva entre ellas para facilitar mi avance.

—¿Qué estás...?*¡oh!*

Sasha jadea cuando penetro también su orificio trasero. Ella respira agitadamente, moviendo sus caderas para tomar mi dedo medio más profundamente. Me apoyo en mi espinilla a su lado, para acercarme, trabajando mis dedos en ambos orificios. Alterno, llenando su coño, luego su trasero mientras ella se retuerce y gime incoherentemente. Trabajo mi mano libre bajo sus caderas para encontrar su clítoris y ella se sacude, abriendo sus piernas aún más. Es hermosa, completamente entregada, cediendo, receptiva. Intento meter un segundo dedo dentro de su estrecha entrada mientras acaricio su clítoris.

—Maxim. —Suena alarmada. Debe estar cerca del orgasmo.

—Así es, *caxapok.* —*Di mi puto nombre.*

Estoy simultáneamente sorprendido por lo lejos que hemos llegado desde ayer y atónito por lo correcto que se siente. Qué satisfactorio es escuchar a mi reticente esposa pronunciar mi nombre con ese tono desesperado y necesitado.

Bombeo en ambos orificios simultáneamente, y ella empuja hacia atrás para tomarme más profundo, arqueando su espalda. Mi polla se tensa con fuerza contra mi cremallera, pero ahora que sospecho que es virgen, no puedo tomarla.

No esta noche cuando ha estado bebiendo. Sería incorrecto, incluso si es mi esposa.

—Maxim... *Gospodi.*

Ella aprieta ambos orificios, atrayendo mis dedos más profundamente mientras se corre con un grito ahogado. Continúo frotando su clítoris hasta que sus músculos dejan de apretar y pulsar. Hasta que se hunde de nuevo en la cama, liberando toda la tensión de su cuerpo.

Me inclino y le muerdo el hombro, luego beso el centro de su espalda.

—Buena chica. Has aceptado tu castigo muy bien, dulzura.

Retiro mis dedos con suavidad y voy al baño a lavarme y traerle una toalla húmeda. Ya está medio dormida, el alcohol y su orgasmo la han enviado al mundo de los sueños. Me las arreglo para meterla bajo las sábanas y luego me desvisto, apago la luz y me meto a su lado.

Está completamente desnuda y justo a mi lado.

Cada parte de mí quiere darle la vuelta y follarla hasta romper la cama, pero de alguna manera logro mantener a raya mi lujuria.

Me conformo con abrazar a mi gloriosa y traviesa princesa de la Bratva y acunar posesivamente su coño empapado.

—Este coño es mío —gruño en su oído, aunque está casi dormida. Acaricio su sexo hinchado y húmedo—. Se moja por mí, ¿verdad? Solo por mí.

Su respiración se entrecorta un poco, y se agita, empujando su trasero contra mi polla tensa.

—Soy el único hombre que sabrá jamás lo jodidamente dulce que es. Cómo se siente cuando estás hinchada y necesitada. Cómo sabe cuando estás temblando contra mi boca.

Ella deja escapar un gemido entre suspiros.

—Has sido una buena chica al guardarte para mí.

Su respiración se detiene.

Después de un momento de contenerla, se da la vuelta para mirarme, sus manos encontrando mi pecho en la oscuridad.

—¿Cómo lo supiste?

La atraigo contra mi cuerpo, ignorando la poderosa necesidad de consumar nuestro matrimonio. De embestir entre esos pálidos muslos hasta que grite hasta quedarse ronca.

—¿Tengo razón?

Ella gime y esconde su rostro en mi hombro después de unos momentos, su respiración se normaliza nuevamente, y me doy cuenta de que ha vuelto a quedarse dormida.

Es respuesta suficiente. Mi esposa es inocente.

Aunque no por mucho tiempo.

Voy a desvirgarla antes de que volvamos a Chicago.

CAPÍTULO 10

*S*asha

Despierto desnuda en una habitación del Chateau Marmont con el cuerpo largo de Maxim amoldado tras el mío, su mano agarrándome un pecho, su miembro palpitando contra mi trasero.

Gospodi.

Mi cara se acalora mientras los recuerdos de anoche me inundan. Cuánto de mi verdadero ser revelé: mi dolor por su rechazo. Mi *virginidad*.

¡Ay!

¿Fue por eso que no se acostó conmigo anoche? ¿Estaba siendo un caballero?

Me doy cuenta, con una sensación inquieta en el estómago, que creo que fue exactamente eso.

Y no me gusta pensar en Maxim como un caballero. Quiero seguir creyendo que es el malo de la película.

Hace las cosas mucho más fáciles.

¿Lidiar con un nuevo matrimonio forzado con un tipo que realmente deseo? ¿Un tipo cuyo amor anhelo como mi próximo aliento?

Eso es otra historia. Una en la que podría sumergirme con demasiada facilidad.

No quiero volver a ser esa adolescente necesitada, patética y desesperada por atención. La odio a muerte.

Así que cambio el guion. No voy a esperar en esta cama, temblando como una flor para sentir cómo es que me arrebaten la virginidad el marido que mi padre me impuso. ¡No voy a ser la princesa medieval! Me doy la vuelta en la cama, empujando a Maxim sobre su espalda con una mano en su pecho tatuado.

Sus ojos se abren de golpe y se fijan en los míos, con un destello de curiosidad.

Estoy acostumbrada a que él dé el primer paso. Él es el agresor. Yo esquivo y me retiro. Así que por un segundo, por costumbre, espero su reacción. Espero que diga o haga algo. Que me diga que me detenga o que continúe. Pero sus párpados caen mientras espera, y así, sin más, todo el poder fluye hacia mí.

Para mantenerlo, tengo que fingir que es otra persona: uno de los universitarios que saqué de un bar o uno de los soldados más tontos de mi padre. Algún tipo que me deja llevar la voz cantante. Deslizo la uña por su pecho mientras me pongo a horcajadas sobre él. Le pellizco el pezón con la uña hasta que se endurece mientras me arrastro hacia atrás, llevándome las sábanas conmigo.

Su miembro se alza en señal de bienvenida. Agarro la base con firmeza y bajo mi boca, viendo cómo sus ojos se oscurecen. Rozo la cabeza de su miembro con la punta de mi lengua, solo para provocarle.

Un músculo se contrae cerca de la nariz de Maxim, como el comienzo de un gruñido, pero rápidamente se suaviza. Verlo hace que mi corazón lata más rápido.

No es Maxim. Es algún juguete sexual. Alguien fácil de manejar.

Aprieto la base de su miembro y lamo alrededor de su glande. Una gota de líquido preseminal se escapa de su hendidura, y la lamo. Puedo sentir su impaciencia. No le gustan las provocaciones. O tal vez sí, no puedo saberlo. Quizás solo estoy nerviosa. Pero dejo de retrasarlo y engullo de una vez tanto de su miembro como puedo.

Gime, agarrando las sábanas a su lado con los puños.

Animada, muevo mi cabeza arriba y abajo sobre su miembro tenso, escuchando cómo su respiración se vuelve entrecortada.

—Eso es, dulzura —retumba, agarrando la parte posterior de mi cabeza y animándome a tomarlo más profundo.

Él vuelve a tomar el mando, pero yo sigo presumiendo, de repente bastante desesperada por demostrarle que sé lo que estoy haciendo. Le doy la mejor mamada posible, y chupar a los hombres es una habilidad que he desarrollado bien.

Le masajeo los testículos y la próstata con una mano mientras el otro puño se desliza arriba y abajo sobre su miembro para compensar la longitud que no puedo meter en mi boca. Giro mi lengua, chupo con fuerza. Alterno subidas y bajadas rápidas y cortas sobre la cabeza con tomarlo largo y profundo, en el hueco de mi mejilla y a veces en el fondo de mi garganta.

Sus muslos se flexionan debajo de mí, sus gemidos con mi nombre se vuelven más frecuentes. Su puño se enreda en mi pelo, tirando de mi cuero cabelludo.

Es una falta de respeto, ningún hombre me lo ha hecho antes, y lo odio a medias. Pero también me encanta a medias. Es tan propio de Maxim, todo lo que él es. Agresivo, mandón, seguro de sí mismo. Me excita, más excitada de lo que he estado nunca dando placer a un hombre. *Mucho* más.

Trabajo su miembro como si quisiera complacerle. No sé si estoy tratando de demostrar algo o si realmente necesito complacer al hombre. Lo único que sé es que chupo con tanta fuerza que me duele la mandíbula, y no me detengo, ni siquiera cuando mis ojos se humedecen porque está golpeando el fondo de mi garganta.

—Joder, Sasha, *joder* —gruñe—. Me voy a correr.

No me aparto. Trago como una buena chica. Lo limpio con la lengua, y luego me siento en sus muslos y me limpio la boca, mirando cómo me observa.

—Dulzura. —Alarga la mano hacia mí, pero yo me bajo de la cama y camino hacia el baño, dejando que mis caderas se balanceen para exhibir mi trasero desnudo. Cierro la puerta y abro la ducha, con el corazón acelerado.

Mierda. Estoy completamente sobrepasada. Mi cuerpo está caliente y necesitado. Nunca había querido tener sexo tan desesperadamente en mi vida. Una parte de mí desea haber dejado que Maxim me tumbara a su lado e hiciera lo que quisiera conmigo.

Pero hay otra parte de mí que está enloqueciendo.

Enloqueciendo *de verdad*.

Ni siquiera sé por qué estoy enloqueciendo. Me meto en la ducha y me lavo por todas partes, como si el jabón y el champú pudieran de alguna manera limpiarme de esta ansiedad que me corroe.

Y es entonces cuando me doy cuenta: no puedo hacer esto con Maxim.

Da demasiado miedo. Porque si él no me odia, si dejo de negarme a dormir con él...

Entonces somos otra cosa. Somos como mis padres: el jefe de la Bratva y su mujer.

Soy su esposa, no su amante, pero no es diferente. Maxim es igual que mi padre. ¿Y yo? ¿El verdadero núcleo de mi ser?

Temo que podría ser tan patética como mi madre.

¿Y si soy tan necesitada como ella? Esperando a que su hombre le arrojara las migajas de su atención. Estando lista para actuar para él, para complacerle, desde el momento en que entraba por la puerta hasta que volvía a salir. Su trabajo era verse hermosa, satisfacerlo en la cama y obedecer sus órdenes.

Ella interpretó el papel a la perfección, y aun así no le dejó ni un céntimo. Literalmente la entregó a su mano derecha, como si fuera una posesión que se pasa a otro.

Igual que me entregó a mí a Maxim.

Así que no voy a ser como ella. Fin de la historia. No voy a enamorarme de Maxim ni a arrojarme a sus pies ni a esperar las migajas de su atención. Voy a encontrar la manera de vivir con él sin perder mi corazón.

Cierro el grifo y salgo de la ducha, tomándome mi tiempo para secarme. No quiero abrir la puerta y salir del baño. No sé si estoy preparada para ver a Maxim, no estoy segura de haber blindado lo suficiente mi corazón. Sujeto el pomo y apoyo la cabeza contra la puerta, con el corazón latiendo con fuerza. Pero cuando finalmente me armo de valor y la abro, lo encuentro dormido. El orgasmo debe de haberlo relajado y devuelto al sueño.

Camino de puntillas por la habitación y me pongo la ropa de viaje de ayer y recojo mis cosas. Sé que no puedo huir muy lejos. Sé que me encontrará inmediatamente, ya sea cuestión de minutos u horas. Pero tengo que escapar.

Cojo mi bolso y abro la puerta.

—Un paso más, y te dejaré el culo morado.

CAPÍTULO 11

*M**axim***

Sasha se queda paralizada ante mi amenaza y luego cierra la puerta.

Me ha engañado completamente.

Mujeres. No se puede confiar en ellas. Mienten y manipulan. Acaba de hacerme la mamada más increíble de la historia de todas las mamadas, y yo, estúpidamente, pensé que eso significaba que estábamos avanzando.

Pero no. Todo era una manipulación.

Maldita sea.

Me incorporo en la cama y balanceo las piernas hacia un lado.

—Ven aquí.

Ella levanta la barbilla.

—Estoy bien donde estoy, gracias.

Mis labios tiemblan, pero reprimo mi sonrisa. No debería divertirme su miedo. Aunque hace que mi polla se alargue, mientras pensamientos de elaborados castigos llenos de sexo flotan en mi cerebro y suavizan mi temperamento.

Doy una palmada en la cama a mi lado.

—Ven aquí, *caxapok*. —La atraigo—. No muerdo fuerte. —Sonrío con suficiencia—. Al menos no a ti.

Su mandíbula se tensa, pero deja caer su gran bolso y camina hacia la cama como le he pedido.

Es una buena chica en el fondo, me recuerdo a mí mismo.

O quizás no. Había interpretado su virginidad de esa manera, pero tal vez eso es solo otra parte de sus manipulaciones femeninas. Nunca se ha entregado a nadie porque no comparte. Utiliza las mamadas para atrapar a los hombres en su red, pero ellos nunca obtienen el premio.

Rechino los dientes.

—¿Adónde ibas?

Su expresión altiva de niña mimada aparece cuando abre la boca, y yo espeto:

—*No me mientas, joder.* —Antes de que pueda decir una palabra.

Cierra la boca de nuevo, con destellos de miedo y vulnerabilidad en su expresión.

—La verdad —insisto—. O quizás esa era la pregunta equivocada. Tal vez la correcta es, *¿por qué* te ibas?

Ella parpadea rápidamente, desviando la mirada. Sus labios carnosos forman un mohín, y descubro que quiero besarlos hasta desgastarlos, recordando cómo se veían estirados alrededor de mi polla.

—Yo... solo necesitaba algo de espacio —admite con un suspiro.

Estoy dividido entre la irritación y la comprensión.

—El espacio es un lujo que ninguno de los dos tiene ahora mismo —espeto, y luego contengo mi impaciencia—. Escúchame. Tu padre acaba de morir. Hay inestabilidad en la organización, una inestabilidad masiva. Has heredado la mayor parte de su riqueza. Imagino que hay docenas de hombres tramando cómo apoderarse de eso ahora mismo, antes de que se asiente el polvo. Tu padre te unió a mí por varias razones. Una, el matrimonio conmigo te saca del país, lo que hace significativamente más difícil planear matarte. Dos, yo sé cómo mantenerte a salvo. Muchos hombres en Moscú recordarán mi reputación. —Paso un dedo por la tinta en mis nudillos, una marca por cada muerte.

Ella se sienta inmóvil, esos labios haciendo pucheros me provocan.

—Tengo a Dima trabajando en rastrear a todos los que entran al país desde Rusia y cruzando referencias con miembros conocidos de la hermandad. Está escribiendo un programa para ello ahora, pero hasta que eso esté en marcha y hasta que veamos cómo se desarrollan las cosas en Moscú, necesito tenerte vigilada en todo momento. Lo siento, dulzura. Tampoco estoy entusiasmado con ello.

Su mirada cae, y siento su concesión.

—Ven aquí. —Rodeo su cintura con un brazo y la arrastro para que se siente en mi regazo.

Al principio se sienta rígidamente. Le tomo la pierna y la abro ampliamente, para que se apoye en el exterior de mi rodilla y trazo con mis dedos ligeramente por su muslo interior. Ella se estremece, sus nalgas tensándose sobre mi polla.

Lleva otro de sus vestidos que se ajustan al cuerpo, no el que llevaba anoche. Este es más casual, hecho de un suave algodón color carbón. Se sube por sus muslos cuando lo empujo.

—No sé si me estás castigando o quieres ser castigada, dulzura, pero tienes que encontrar otro juego. Este es demasiado peligroso, ¿*da*?

Ella toma un respiro tembloroso. Sé que tengo un efecto sobre ella, eso lo sé con certeza. Anoche, a pesar de su movimiento muy audaz y desafiante de irse a Los Ángeles, estaba nerviosa cuando aparecí. Sentí su temblor cuando se lanzó hacia mí en la pista de baile.

Continúo acariciando ligeramente el interior de su

muslo, trazando mis dedos arriba y abajo, llegando un poco más alto cada vez.

—¿Adónde ibas, Sasha?

—No estoy lista para dejar Los Ángeles —dice. Siento el latido de su corazón salvaje a través de su espalda.

—¿No? —Acaricio su cuello con la nariz, rozando mis labios contra su piel—. Entonces todo lo que tenías que hacer era pedir quedarte. ¿Crees que podría negarte algo después de esa mamada que me has dado y que me ha cambiado la vida?

—No debería tener que pedir —murmura.

Antes de que mi temperamento se encienda, recuerdo lo libre y feliz que se veía anoche con sus amigas. Es cierto. Debería estar viviendo su vida como quiere. Encontrando su propia alegría.

—No deberías —admito—. Pero esa no es nuestra realidad. Cuando las cosas se calmen, aflojaré la correa, lo prometo. Hasta entonces, trabajarás conmigo en esto.

Ella se retuerce en mi regazo.

—Podemos quedarnos otro día. —Dejo que mi dedo roce la entrepierna de sus bragas, y su vientre se contrae—. ¿Qué querías hacer mientras estamos aquí?

—Quiero ver a mis amigas otra vez.

—Por supuesto.

—Y quiero ir a la playa. Y de compras.

Deslizo mi dedo bajo sus bragas para rozar su suave carne.

—Tengo algunos artículos que comprar —digo en tono pensativo—. Cosas que necesito para tu castigo. Implementos para azotarte. —Sus nalgas se tensan en mi regazo—. Cosas para poner en tu culo virgen. Algo de lubricante, para que puedas tomar mi polla bien profundo. Cuerdas para atarte.

Parece que la he dejado sin palabras. Ni siquiera estoy

seguro de que esté respirando.

—Ahora date la vuelta y dame una de esas disculpas que me ofreciste anoche.

No se mueve durante unos segundos. Luego su cabeza gira lentamente. Se levanta y rota, se sienta a horcajadas sobre mi regazo.

—¿Era esto? —Hay un ronroneo en su voz, pero también suficiente vulnerabilidad para evitar que me moleste con su actuación. Después de todo, le pedí que lo hiciera. Acerca sus labios a los míos en un beso muy dulce. No tímido, pero tampoco agresivo. Casi... inocente.

Sé que no es tan inocente, pero de repente me pregunto si también habrá reservado sus besos de otros hombres.

Muchas personas que odian la intimidad practican sexo sin besarse. Mi compañero de piso, Pavel, por ejemplo.

Le devuelvo el beso, sujetando su mandíbula para profundizarlo. Ella se retuerce en mi regazo. Agarro su trasero con mi otra mano y tiro de sus caderas sobre las mías, para que su centro se frote sobre mi polla que se endurece. Ella mueve la pelvis, cabalgándome.

Cuando me aparto, ella me mira parpadeando, con las pupilas dilatadas.

—Es hora de tu castigo.

Su mirada es una mezcla de cautela y excitación.

Llevo su mano a mis labios y la beso.

—Será breve —prometo—. Y habrá una recompensa por tu rendición.

Mis palabras tienen el efecto contrario al que pretendía. Ahora realmente parece insegura. Imagino que su orgullo hace que la rendición sea menos atractiva que el dolor. Bajo la cabeza y le muerdo el pecho a través del vestido.

—Esto fuera. —Ya le estoy quitando el vestido por la cabeza mientras termino de hablar.

No se resiste. Todavía está a horcajadas sobre mi regazo, algo malhumorada, algo sumisa.

Muy sexy.

De alguna manera me doy cuenta por primera vez.

Esta mujer jodidamente sexy es *mi esposa*. Es el paquete completo en cuanto a aspecto: bendecida con un cuerpo escultural, un rostro de estrella de cine y un precioso y espeso pelo natural castaño rojizo. Podría triunfar como actriz. Por supuesto, su matrimonio conmigo la mantiene alejada de esa carrera.

Está llena de vida y vitalidad, descarada como el infierno. Todo un manojo de problemas.

Pero lo más importante: es toda mía.

Esta mujer provocadora es mía.

Le mordisqueo el pecho a través del sujetador mientras lo desabrocho por detrás. Ella se mueve de nuevo sobre mi polla con su diminuta tanga. Beso la parte delantera de su hombro y luego la animo a ponerse de pie.

Me giro y coloco un par de almohadas en el centro de la cama.

—Bragas fuera. Túmbate sobre las almohadas.

La alarma destella en sus ojos.

—¿Qué vas a hacer?

Honestamente, aún no lo he decidido. Estoy improvisando. Recorro la habitación con la mirada, observando mi cinturón, que parece demasiado delgado y flexible. Hay una de esas varillas de plástico colgando de las cortinas, de las que se usan para abrirlas y cerrarlas. La separo y la golpeo contra mi mano. Duele. Dejaría huella.

Todavía no se ha colocado en posición. Sospecho que está lista para darme un puñetazo en la nariz y salir corriendo si no le gusta mi respuesta.

—Voy a darte tres golpes con esta varilla. Y luego voy a follarte hasta dejarte sin aliento.

Su pecho se hincha con una respiración, haciendo que sus magníficos pechos se muevan.

Me acerco, seductor, no severo. Le aparto el pelo y la beso en el punto donde el hombro se une con el cuello.

—Te guardaste para mí —murmuro, con aprecio.

Ella da medio paso atrás.

—No para ti.

—Para mí —insisto—. Ambos nos deseábamos entonces, y ambos tuvimos que esperar.

Se acerca un poco más a mí, con esa misma lujuria cautelosa brillando en sus ojos.

—No he dicho que vaya a tener sexo contigo. —Suena sin aliento.

Me acerco tanto que sus pezones tocan mi pecho. Mi boca se cierne sobre la suya.

—No te voy a obligar.

Su mirada busca la mía.

Dejo que mis labios se curven hacia arriba.

—Pero te castigaré. El polvo es la recompensa. —Dejo que mi mano acaricie ligeramente su trasero.

Ella se estremece y pone sus manos sobre mi pecho como si fuera a empujarme, solo que no lo hace.

—Eres vulgar.

—Mis disculpas.

—No lo sientes.

—¿Y tú? —Arqueo una ceja.

Ella niega lentamente con la cabeza.

—Mmm.

Estamos en un punto muerto. No puedo decidir si realmente debería seguir adelante con el castigo, no sin alguna indicación más clara de consentimiento. Las otras veces que quiso que la azotara, básicamente me lo pidió.

—Ríndete, Sasha —la persuado.

Ella mira el instrumento en mi mano.

—¿Solo tres?

—Seré suave.

Otro escalofrío la recorre, y rápidamente se sube a la cama.

La satisfacción hace que mi polla se ponga tiesa. Pruebo la varilla un par de veces en mi muslo para conseguir la fuerza adecuada, luego la azoto una vez con ella.

Ella deja escapar un chillido, el chillido más lindo que he escuchado en mi vida. Una vez más, una oleada de placer me recorre.

Esta es mi esposa.

Es mía.

Puedo provocar esos chillidos por el resto de mi maldita vida. Todo lo que tengo que hacer es convencerla de que casarse conmigo no fue lo peor que le ha pasado.

Froto para aliviar el escozor de la primera marca y le doy a su trasero una palmada suave, luego le doy otro golpe con la vara.

Ella vuelve a chillar, apretando el trasero, con los talones levantándose en el aire.

Agarro uno de sus tobillos y acaricio su pantorrilla hacia abajo.

—Te has dejado los tacones para mí —murmuro con aprecio—. Eso es jodidamente sexy.

Ella me mira por encima del hombro.

—Nueva regla. Siempre serás castigada así: desnuda excepto por tus tacones.

—Estás loco —dice, pero oigo la sonrisa en su voz.

—Estás buenísima. Mi esposa es tan sexy. —Doy el último golpe para acabar de una vez, luego amaso y masajeo para aliviar el escozor. Me subo a la cama detrás de ella para masajear con ambas manos—. Buena chica. ¿Estás lista para tu recompensa?

No espero su respuesta, simplemente le abro bien las

piernas y tiro de sus caderas hacia atrás para poner mi lengua en su sexo. Ya está empapada. Lamo y succiono sus labios, la penetro con mi lengua, luego subo para lamer alrededor de su ano.

Ella deja escapar ese chillido, y su ano palpita, pero la mantengo en su sitio para darle placer.

Después de unos momentos, empieza a gemir. Un poco más, y está murmurando en ruso.

—Maxim... Maxim. ¿Qué estás haciendo? *Gospodi*, es tan bueno.

—¿Estás lista para mi polla, preciosa?

Me sorprende cuando responde

—Sí— dice sin vacilar.

Su rendición por sí sola es suficiente para hacerme culminar. Quiero embestirla sin protección, pero, aunque sé que estoy limpio y ella es virgen, no sería correcto. Puede que sea mi esposa, pero puede que no quiera un embarazo.

Encuentro un condón en mi cartera y me lo pongo. Cuando vuelvo, la preparo de nuevo primero con mi lengua.

—Arriba sobre tus rodillas, preciosa. El pecho sobre los cojines.

Probablemente me estoy comportando como un idiota. La primera vez de una mujer debería ser probablemente boca arriba, con su amante mirándola a los ojos. Pero no somos esa clase de pareja. El contacto visual podría suponer demasiada vulnerabilidad entre nosotros. Le gusta que sea rudo y punitivo. Como yo quiero dárselo.

No tenemos un matrimonio de cuento de hadas.

Al menos, no todavía.

Quizá lleguemos a tenerlo.

Con una esposa tan ardiente, debería esforzarme por conseguirlo. Soy el solucionador, después de todo. Puedo arreglar cualquier cosa.

Incluso a una esposa que no me quiere.

Ella se coloca en posición, demostrando que mis instintos son correctos. Aprieto su trasero mientras alineo mi miembro, acariciándolo sobre su entrada. Estaba apretada cuando la penetré con mi dedo anoche. Aunque está bastante húmeda, escupo en mi mano y extiendo mi saliva sobre mi miembro enfundado.

—¿Estás bien? —pregunto en voz baja, aunque todavía no la he penetrado.

—Hazlo.

Esa es mi chica. Nunca ha sido de andarse con rodeos. Aplico más presión, empujando en su entrada con más insistencia.

Ella empuja hacia atrás, arqueando su precioso trasero y ofreciéndose para mí.

—Eso es, dulzura.

Decido que es mejor entrar rápido, como quien arranca una tirita de un tirón, como dicen. Agarro sus caderas y empujo dentro. Noto que cede una pequeña resistencia. Ella grita. Alcanzo con la mano delante de ella para acariciar su clítoris y me muevo dentro de ella. Solo un poco: medio centímetro atrás, medio centímetro dentro. Solo para darle algo del placer que contrarreste el dolor. Acaricio su espalda, aprieto su trasero.

—Estoy bien —jadea después de un momento—. Es bueno.

Bombeo un poco más, yendo despacio y con suavidad, dándole tiempo para que se acostumbre a mi longitud. Continúo haciendo círculos suavemente en su clítoris con la yema de mi dedo.

Ella emite un sonido de placer y lleva sus dedos entre sus piernas, presionando sobre los míos.

—¿Lo necesitas ahí? —pregunto, frotando con más firmeza. Al mismo tiempo, accidentalmente me introduzco más profundo, con una oleada de lujuria recorriéndome.

—¡Oh! —grita ella—. Sí.

—¿Sí, aquí? —Froto su clítoris—. ¿O sí, más fuerte? —Embisto con más fuerza.

—Más fuerte —murmura.

Oh, maldición. No quiero que se arrepienta de eso, pero mi control ya está flaqueando. Está tan apretada. Tan caliente.

Y toda mía.

Todavía no puedo superar esa parte. Cada vez que se me ocurre de nuevo, quiero hacerle todo tipo de cosas sucias.

Agarro sus caderas con ambas manos y doy unas cuantas embestidas uniformes. Luego empiezo a chocar mi entrepierna contra su trasero, haciendo que nuestra piel se choque, enviando mis testículos contra su clítoris.

—¡Sí! —jadea.

—Abre más las rodillas —ordeno.

Cuando lo hace, cambia el ángulo, para que pueda llegar incluso más profundo dentro de ella. Gimo.

—Te sientes tan bien, Sasha.

—Más —canturrea—. Más fuerte.

La habitación empieza a dar vueltas. El calor se dispara en la base de mi columna. Me inclino sobre su torso, apoyándome en una mano para entrar más profundo, con más fuerza. La follo más duro. Más rápido. Mi respiración se convierte en jadeos entrecortados, o quizá son los suyos. Mis muslos empiezan a temblar con la necesidad de liberarme.

Ella aún no ha llegado al orgasmo, así que intento contenerme. Froto su clítoris rápidamente con mi mano libre.

—¡Más fuerte! —ordena.

Mi control se deshace. Una risa oscura brota de mi boca mientras renuncio a su placer y me concentro en mi propio final. Cubro su cuerpo con el mío, embistiendo ese magnífico trasero y penetrando profundo, profundo, más profundo aún hasta que bailan luces ante mis ojos y me corro como un maldito tren de alta velocidad.

Cuando me recupero, encuentro su pelo rojo apretado en mi puño, mi boca en su cuello.

Un poco horrorizado, la giro para que quede boca arriba.

~

SASHA

Creía que hacerle una felación a un hombre me hacía sentir poderosa, pero no tenía ni idea de lo increíble que se sentía verlo deshacerse mientras estaba dentro de mí.

No es de extrañar que el sexo sea poder para las mujeres. No es de extrañar que esta sea el arma que mejor manejamos. Porque Maxim se convirtió en un animal justo antes de correrse. Esa personalidad fría y cuidada prácticamente desapareció, y no fue nada más que deseo masculino en estado puro.

Ahora, mientras me mira fijamente, hay preocupación grabada en su rostro. Sabe que perdió el control, me tiró del pelo y me folló tan fuerte que no caminaré derecha. Está preocupado por mí, puedo notarlo.

Sonrío, recordando sus palabras. *¿Crees que podría negarte algo después de esa mamada que acabas de hacerme que me cambió la vida?* ¿Y ahora qué? Ahora que se ha corrido dentro de mí. Bueno, dentro de un condón, pero aun así dentro de mí. Rápidamente se deshace del preservativo sin apartar los ojos de mi cara.

Devolviéndome la sonrisa tímidamente, deja besos entre mis pechos. Chupa uno de mis pezones en su boca mientras masajea el otro pecho.

—Siento que no hayas llegado al orgasmo, dulzura. Te lo compensaré ahora.

Es dulce.

Me gusta que sea dulce. No quiero que me guste. Quiero resistirme a su encanto. Porque ya me enamoré de este hombre antes, y me destrozó.

—Aun así, me ha gustado —admito—. No he llegado al orgasmo porque...

Levanta la cabeza para mirarme a los ojos.

Noto que mi cara se calienta. Me encojo de hombros.

—Todo era nuevo para mí. Me fascinó tu orgasmo, y luego perdí mi oportunidad. —No sé por qué vuelvo a revelar tanto. Supongo que me estoy derritiendo en el calor de su atención sin distracciones.

Sus ojos se oscurecen.

—Habrá muchas oportunidades. Solo dame unos minutos.

Succiona mi otro pezón con su boca. Enredo mis dedos en su pelo disfrutando de las tumultuosas sensaciones que está creando. No he llegado al clímax, pero no echo de menos el orgasmo. Aun así, se sintió genial, tanto la recompensa física como la química. Mi estado de ánimo se eleva junto con el suyo. Estoy llena de esa sensación de bienestar y placer. Amor, incluso. No es que esté enamorada, para nada, pero es una sensación general de amor.

Besa mi vientre y separa mis muslos. Cierro los ojos mientras su lengua explora mis pliegues.

—Mmm —. Placer. Ahora entiendo cómo las parejas pueden quedarse todo el día en la cama. Ahora comprendo cómo el buen sexo hace que la gente piense que está enamorada.

Así es como mi madre mantuvo a mi padre cautivado todos esos años. Aunque no lo suficiente para que él la considerara algo más que un objeto para servirle y complacerle. Un objeto para transmitir.

Maxim encuentra mi clítoris con sus labios y consigue

succionarlo. Al mismo tiempo, hunde dos dedos dentro de mí y comienza a acariciar mis paredes interiores.

—¡*Gospodi!* —grito, arqueándome en la cama. Las sensaciones son tan intensas. Tan eróticas. Araño las sábanas cuando no me da tregua. Simplemente sigue chupando, sigue acariciando.

—¡Maxim! —Mis piernas se agitan debajo de mí.

Bombea con los dedos, golpeando mi pared interior con las puntas cada vez.

Grito y tiro de su pelo, frenética, y entonces me corro, una explosión corta y rápida.

Maxim aparta su boca y frota mi clítoris con el pulgar en su lugar.

Mis ojos se ponen en blanco. Otro orgasmo corto pero poderoso me sacude, y mis piernas se estremecen de nuevo. Luego una réplica más.

Mi estómago gruñe y Maxim se ríe.

—Hora de desayunar, preciosa. —Se aparta de mí. —Pero vamos a limpiarnos primero. Ven aquí. —Toma mi mano y me lleva al baño y a la ducha, donde me trata como a una reina, enjabonándome de pies a cabeza, besándome y acariciándome por todas partes.

Enjabono su polla, que se pone dura al instante, y luego me clava contra los azulejos y me folla con rudeza, retirándose para correrse en mi vientre. Cuando ambos salimos, mis piernas no funcionan, y no estoy segura de recordar cómo hablar.

Suena el teléfono de Maxim, y él sale del baño a grandes zancadas, magníficamente desnudo, gloriosamente tatuado.

—*Da* —contesta en ruso—. ¿Quién lo hizo? —Hace una pausa—. *Blyat* —. Termina la llamada y me mira a través de la puerta del baño—. Vladimir está muerto. La Bratva de Moscú está en caos. Necesitas localizar a tu madre.

CAPÍTULO 12

S asha

La brusquedad en la voz de Maxim hace que mi pulso se acelere.

Mi madre.

—¿Qué quieres decir? ¿Ha desaparecido?

Maxim asiente mientras se viste rápidamente.

—Sí.

Cojo mi ropa y también me visto.

—¿Crees que la han matado?

Maxim vacila, haciendo que la adrenalina se dispare en mi cuerpo, pero luego niega con la cabeza.

—No. Si quien mató a Vladimir quisiera verla muerta, se habría encargado de ella al mismo tiempo. Vale algo viva si están interesados en tu dinero.

Mi dinero.

Mi corazón late más rápido. Pero eso significaría matarme a mí primero.

Es la primera vez desde la muerte de mi padre, en realidad, la primera vez en mi vida, que siento un miedo real por mi vida. Maxim intentaba advertirme sobre esto, pero he vivido toda mi vida como realeza Bratva con guardaespaldas respirándome en la nuca. La amenaza de un peligro real nunca me había calado hasta ahora.

Mis dedos tiemblan mientras marco el número de mi madre.

No he hablado ni me he comunicado con ella desde que me fui. Solo han pasado unos días, pero me doy cuenta de que debería haberla llamado. Acaba de perder a mi padre, después de todo. Estaba demasiado ocupada sintiéndome enfadada y autocompadeciéndome por mi situación, no me quedaba espacio mental para ella. Soy una hija mimada y egoísta.

Mi madre descuelga con un tono de voz suspicaz. Con una punzada aún más profunda de culpabilidad, me doy cuenta de que ni siquiera tenía mi nuevo número de teléfono estadounidense.

—*Mama* —jadeo en ruso—. ¿Estás bien?

—Dile que venga a Chicago donde pueda protegerla. —La expresión de Maxim es oscura y seria—. Dale tu número de tarjeta de crédito. —La urgencia en su voz hace que mi ritmo cardíaco aumente otro nivel. Como si tuviera miedo de que algo le vaya a pasar.

Entro al baño para tener algo de privacidad, no porque esté tratando de ocultarle algo a Maxim. Solo quiero poder concentrarme en mi madre.

—Sasha, ¿has oído las noticias?

—Sí, ¿estás a salvo?

—Estoy a salvo, sí. Estoy con Viktor.

Viktor, su guardaespaldas de toda la vida. Aquel del que acababa de darme cuenta que tenía sentimientos por mi madre. Gracias a Dios. Él la protegerá.

—¿Dónde estás?

—No puedo decírtelo. En algún lugar seguro.

—¿Qué pasó? ¿Qué está pasando? Mamá...

—Es un golpe. Viktor me sacó de allí antes de que ocurriera. Ahora hay una lucha de poder para ver quién llegará a la cima.

—Maxim dice que deberías venir aquí donde él puede protegerte. Puedo poner el billete en mi tarjeta de crédito.

—Él diría eso —dice mi madre secamente.

Los pelos de mis brazos se erizan. Mis dedos se quedan fríos. Bajo la voz.

—¿Qué quieres decir?

—Piénsalo, Sasha. ¿Recuerdas el testamento de tu padre?

—Sí. —Vagamente. Recuerdo que mi dinero no era realmente mío porque iba para Maxim. Y el dinero de mi madre iba para Vladimir.

—¿Quién obtiene el pozo de petróleo si tú mueres?

Intento recordar la conversación en el lecho de muerte de mi padre.

—¿Vladimir?

—Sí. Pero si él está muerto, me corresponde a mí. Así que por supuesto tu marido nos quiere a las dos bajo su ala. Somos su fuente de ingresos.

Una sensación de mareo me recorre y mis rodillas se debilitan.

—Quiere protegerte —insisto. Pero de repente no estoy tan segura. ¿Cuánto conozco realmente a Maxim?

Para nada.

—Viktor me protegerá. Y que yo permanezca escondida también asegura tu seguridad. Con Vladimir fuera, los caminos para poseer ese pozo petrolero se han acortado. No podemos hacérselo fácil u obvio a nadie que intente apoderarse de él. ¿Entiendes, cariño?

—Sí. —Estoy helada por completo.

—Bien. ¿Este es tu nuevo número de teléfono?

—Sí.

—Me pondré en contacto contigo, desde un teléfono

nuevo. Ten cuidado, cariño. Sé amable con ese marido tuyo. Haz que se enamore, puede que eso te mantenga viva.

Mis ojos se llenan de lágrimas. ¿Tan poco vale mi vida?

Maxim no quiere matarme.

Abro la puerta del baño y lo encuentro de pie junto a la ventana, enviando mensajes. No parece estar escuchando a escondidas.

Estoy temblando por completo, buscando en su rostro algún tipo de señal. ¿Mi marido me quiere muerta? ¿Está ganando tiempo para encontrar a mi madre y luego planea matarnos a las dos?

Un escalofrío me recorre la espalda.

No. Mi madre solo está paranoica porque mataron a Vladimir. Eso no significa que la gente quiera matarnos a nosotras también.

—¿Está bien?

Asiento, con la cabeza tambaleándose un poco sobre mi cuello.

—Sí.

—¿Va a venir aquí?

—No. Dice que está a salvo.

—¿Tiene protección?

—Sí. —Tengo terror de decir algo más.

Maxim asiente.

—Bien. ¿Necesita dinero?

—No creo.

Espero, pero ahí termina. No me presiona ni intenta convencerme de que traiga a mi madre aquí. Parece que le habría enviado dinero si lo necesitara.

Camina hacia mí y me hace un gesto.

—Ven aquí, dulzura. —No me muevo, pero de todas formas me envuelve en sus brazos—. Estás a salvo aquí. Nadie intentaría tocarte en el territorio de Ravil. Los destruiríamos. Te prometo que estás a salvo.

Podrían ser mentiras. No soy lo bastante tonta como para tragarme todo lo que me dice. De hecho, ahora analizaré cada palabra. Pero aún se siente bien que me abrace. Su calor calienta mi cuerpo helado. Su fuerza me hace sentir segura.

Levanto la cara.

—¿Quién te llamó? —Odio ser suspicaz, pero sería estúpida no hacer tantas preguntas como pueda.

—Ravil.

—¿Sabe quién mató a Vladimir?

—No, pero fue veneno, lo cual es... extraño.

—¿Por qué?

—Es cobarde. Alguien que intenta hacerse con el poder debería hacer un movimiento contundente. Dispararle entre los ojos, ¿sabes?

Un nuevo escalofrío me recorre.

—¿Y si no están intentando hacerse con el poder? —Mi voz suena trémula.

—Nadie puede tocarte, Sasha —dice inmediatamente, adivinando correctamente mis pensamientos—. Pero deberíamos volver a Chicago donde tengo refuerzos. ¿Vale?

Asiento.

—Lo siento. —Realmente suena arrepentido—. Sé que querías quedarte. Simplemente prefiero ir a lo seguro mientras las cosas están en pleno caos. Hasta que veamos cómo se asientan las cosas en Moscú y Dima tenga su sistema de seguimiento funcionando para alertarnos de cualquiera que entre al país. —Escudriña mi rostro—. ¿Quieres ir a comer con tus amigas antes de irnos? ¿O dar un paseo por la playa?

No pretendo ser tan transparente, pero salto de nuevo a sus brazos para abrazarlo, aliviada. Un hombre decidido a matar a su esposa no se preocuparía por llevarla primero a la playa. O a comer.

Él deja escapar una risa sorprendida. Sé que el abrazo está fuera de mi personaje. He estado actuando distante desde el día que nos casamos. Pero qué más da. El pervertido se lo merece.

Su mano se desliza bajo mi pelo para sostener mi nuca, y levanta mi rostro. El beso que me da parece significativo. Importante. No es provocativo ni posesivo. Firme, pero no brusco. Como si hubiéramos alcanzado un nivel diferente en nuestra relación.

Cuando lo interrumpe, pregunta:

—¿Playa o brunch?

Siendo yo misma, parpadeo coquetamente y me arriesgo:

—¿Ambos?

Su sonrisa de suficiencia es a la vez conocedora e indulgente.

—Vale, dulzura. Pero *estaremos* en un avión de vuelta a Chicago al anochecer.

—Vamos —canturreo, feliz de que sea verdad. Él *realmente* me daría cualquier cosa después de buen sexo.

Mi madre tiene razón. Probablemente incluso le impediría matarme, si ese fuera su plan.

Pero no puedo creer que lo sea.

Mi madre solo está siendo paranoica.

Y mi padre confiaba en él. Eso me impacta por primera vez. Maxim ha estado diciéndolo desde el principio: que mi padre lo eligió porque él podría protegerme mejor.

No lo creía. Pensaba que había elegido a Maxim para humillarme y castigarme. Pero ahora que el peligro se ha acercado, mi perspectiva está cambiando. Quizás mi padre previó asesinatos, luchas de poder y caos tras su muerte. Enviarme fuera del país *fue* inteligente.

Siempre y cuando no me enviara a los brazos de un asesino.

Pero no haría eso a sabiendas. Y a pesar de haber enviado a Maxim lejos, todavía confiaba en él. Y Maxim aún respetaba a su *pakhan* lo suficiente como para aceptar su petición moribunda. O eso, o simplemente quería mi dinero.

Si al menos lo supiera con certeza...

~

Maxim

Solo Kayla puede reunirse con nosotros para el brunch, pero parecía ser la amiga más cercana de Sasha de todos modos. Nos encontramos en un café frente a la playa en Santa Mónica. Me pone nervioso tanta gente alrededor, pero llevo una pistola metida en la parte trasera de la cintura, con la camisa por fuera para cubrirla. Todavía no espero problemas, al menos por ahora, pero nunca se sabe.

Hay algo raro en la muerte de Vladimir. El hecho de que el asesino no se haya anunciado directamente diciendo que iba a tomar el control me parece extraño. Necesito saber qué está pasando allí para mantenerme al tanto de cualquier amenaza que pueda afectar a Sasha.

Kayla aparece tan guapa y animada como anoche. Nos abraza a Sasha y luego a mí como si fuéramos viejos amigos. Le beso la mejilla y sostengo las sillas de ambas como el caballero perfecto.

—¡Dios mío, puede que haya encontrado una agente! —exclama Kayla en cuanto nos sentamos—. Se especializa en anuncios, pero da igual. Empezaré donde sea.

Sasha le agarra la mano por encima de la mesa.

—¡Dios mío, cuéntamelo todo! ¿Cómo la encontraste? ¿Qué pasó?

Escucho a medias mientras las mujeres se sumergen en la historia de un encuentro casual en su peluquería que le valió una llamada esta mañana.

Nos interrumpe la camarera, y pedimos comida. Pido mimosas con su mejor champán y las mujeres se iluminan.

—Así que si esto funciona, será gracias a ti. —Kayla le sonríe radiante a Sasha después de que la camarera se va.

—¿Y eso por qué? —pregunto.

Kayla dirige sus grandes ojos azules hacia mí. Tiene ese aspecto de *Buffy, cazavampiros*: una pequeña dinamita adorable al estilo típicamente estadounidense.

—Sasha fue quien me llevó a Monique, nuestra peluquera. Está muy por encima de mi presupuesto, pero Sasha olfateó lo mejor de L.A., y ese estudio es donde ocurren las cosas. Es decir, sentí que Monique prácticamente actuó como mi representante con la agente. ¿Sabes? Como si hiciera la presentación mientras ambas estábamos sentadas una al lado de la otra con papel de aluminio en el pelo.

Sasha se mueve en su silla y mira su manicura.

—Bueno, me alegro por ti, pero también estoy súper celosa, zorra.

Algo se retuerce en mi pecho. Sasha tenía sueños. Quizás esperaba que no los tuviera, que su título en teatro fuera solo una tontería para disfrutar mientras estaba en la universidad. Sasha probablemente podría comprar la agencia de esa representante, podría financiar sus propias películas, pero dudo que eso fuera tan emocionante como lograr el sueño de Hollywood. Ser descubierta. Hacer audiciones. Conseguir el papel. Triunfar. Esas experiencias no se podían comprar.

Pero no hay problema que no pueda solucionarse. Ese es mi lema, y nunca me ha fallado. Así que tendré que encontrar algo. Algo que haga brillar a mi esposa en Chicago.

Nuestras bebidas llegan, y levanto mi copa de champán en dirección a Kayla.

—Por las nuevas oportunidades.

—Para todos nosotros —contesta Kayla, y chocamos las copas.

Sasha me lanza una mirada. Ha estado haciéndolo desde que dejamos el hotel y contraté a un conductor para el día.

Está sentado en su coche en algún lugar cercano con nuestras pertenencias guardadas de forma segura.

Alcanzo su mano bajo la mesa y la aprieto, y ella encuentra mi mirada con una expresión sorprendentemente vulnerable. Como si una parte de ella quisiera cerrarme la puerta en la cara, y la otra parte lo quisiera todo de mí, más de lo que cree que le daré.

Me desconcierta. No porque yo no le daría todo lo que necesitara. Es decir, no lo había pensado, pero probablemente lo haría. Me inquieta porque reconozco esa sensación caótica de caer. Refleja la mía propia.

No lo había sentido con ella hasta este momento porque caer no estaba en cuestión. Ella era una obligación. Un deber. Un trabajo. No me hice vulnerable cuando me casé con ella. Me hice rico. Mi corazón nunca estuvo en juego.

Pero después de romper su coraza, después de que las cosas se volvieran reales, es imposible no preocuparse por ella. Se entregó a mí hoy. No solo el sexo. No creo que la virginidad de una mujer sea un regalo enorme y trascendental. No creo que sea algo que Sasha debiera haber estado obligada a guardar para su marido. Pero el hecho es que lo hizo. Y tuve el privilegio de tomarla.

—Mirad vosotros dos, haciéndoos ojitos —dice Kayla.

Sasha retira su mano de la mía y coge su copa de champán.

—Sí, puede que no sea tan malo, para ser marido —lo dice con ligereza, y Kayla se ríe, pero algo se enciende dentro de mí.

Le guiño un ojo. Tal vez lleguemos a ser más que un matrimonio concertado.

Kayla me señala y pone gesto severo.

—Más te vale ser bueno con ella —me advierte.

Mis labios se tuercen con diversión.

—¿O qué?

—O te patearé el culo.

Asiento y me hago la señal de la cruz con el dedo sobre el pecho.

—Está segura conmigo. Lo prometo.

Sasha

Maxim es increíblemente dulce con Kayla. No he tenido novio antes, pero Kayla, Sheri y Ashley sí, y sé por experiencia que un chico que espera pacientemente durante una charla de chicas es algo inusual.

Maxim se está comportando de la mejor manera, encantando a Kayla sin coquetear. Tratando el brunch como una continuación de la fiesta de anoche, con el champán y el zumo de naranja. Nos deja quedarnos dos horas antes de que finalmente deje dinero en efectivo sobre la mesa y se levante.

Estoy segura de que va a decir que tenemos que ir directamente al aeropuerto, pero después de despedirnos de Kayla, entrelaza sus dedos con los míos.

—¿Quieres pasear por la playa?

Trago saliva y asiento, robando una mirada a su atractivo rostro.

Gospodi, no quiero enamorarme de este hombre.

No puedo ser destrozada otra vez. Y peor aún, puede que quiera verme muerta, aunque no lo creo.

—¿Paseo marítimo o arena?

—Arena —respiro.

Vivir cerca de la playa fue una de las mejores partes de vivir en L.A. El clima, el océano, la cultura son tan diferentes de Moscú. Cuando estaba aquí, fingía ser algo distinto. Una californiana nativa, preocupada solo por mi aspecto, mi salud y la actuación.

Bajamos a la arena y nos quitamos los zapatos. Maxim se

remanga los pantalones. Las mangas de su camisa ya están enrolladas hasta los antebrazos, dando a todos en el brunch una vista de sus musculosos antebrazos y los tatuajes oscuros que los recorren.

Maxim toma ambos pares de zapatos en una mano y con la otra entrelaza sus dedos con los míos. La playa está ruidosa, repleta de cuerpos perfectos y familias con niños.

—Me encantaba vivir aquí —admito en voz alta. No sé por qué lo comparto. Por qué pienso que a Maxim le importaría.

Me mira desde arriba.

—Se nota.

Mi respiración se entrecorta con esas simples palabras. Como si hubiera estado prestando atención. ¿Y si realmente le importara? ¿O llegara a importarle? La idea hace que mi corazón se acelere y mis manos se pongan húmedas, como si todavía fuera una adolescente.

—Ojalá hubiera venido a visitarte entonces.

Levanto la mirada. El viento despeina su cabello arenoso. Encaja aquí con sus anchos hombros y su cuerpo bien cuidado. La costosa camisa abierta en el cuello. Solo necesitaría un bronceado y que su pelo cogiera algunos reflejos para parecer la realeza californiana.

—¿De verdad? ¿Por qué?

Una de las comisuras de sus labios se levanta por un momento y luego desaparece rápidamente.

—Seguro que eras algo digno de ver.

Le doy un golpe de cadera, interrumpiendo nuestro ritmo casual cuando tiene que dar un paso lateral para recuperar el equilibrio.

—¿Qué significa eso? —exijo con una risa. Estoy buscando cumplidos ahora, no puedo evitarlo. Siempre he estado hambrienta de atención, y aquí, por fin la estoy recibiendo.

—Me gustó verte con tus amigas. —Levanta nuestras manos unidas hasta sus labios y besa mis dedos—. Pude ver a la verdadera tú.

Me avergüenza lo húmeda que se pone mi mano. Cómo mi patético corazón empieza a latir con fuerza.

—Ni siquiera yo conozco a la verdadera yo —me encuentro diciendo. Es la verdad, aunque no sé de dónde salió.

—Esa era la verdadera tú —dice Maxim, como si lo supiera con certeza. Como si hubiera visto en mi alma rota tan rápidamente. Tan fácilmente.

—¿Cuál?

—Divertida. Animada. El alma de la fiesta. Pero también generosa. Eres una buena amiga, se nota. Os apoyáis mutuamente. Queréis lo mejor las unas para las otras.

Pienso en mis celos por la carrera de Kayla y siento una punzada de culpa.

Como si Maxim leyera mi mente, dice:

—Deseas seguir aquí. Viviendo con ellas.

Las palabras son inesperadas y despiertan emociones enterradas. Mis ojos se calientan y humedecen. Parpadeo rápidamente, sacudiendo mi pelo con la brisa y fingiendo que me ha entrado un poco de arena.

—Quedarme aquí nunca fue una opción. —Mi voz solo se quiebra un poco—. Sabía que estaba con tiempo prestado durante los cuatro años que estuve aquí. Tuve suerte de que Igor me dejara venir.

—Te quería —dice Maxim simplemente.

Esta vez las inesperadas lágrimas calientes vienen como un torrente. Dos recorren mi cara antes de que pueda detenerlas.

—*Gospodi* —murmuro, limpiándomelas con el dorso de mi mano libre—. No sé si eso es cierto.

—Así era. Fue un padre terrible en muchos aspectos, pero eras su única hija y te quería mucho.

—Pues su forma de amar era una mierda —digo con amargura, pero la culpa me llena el pecho.

No es del todo cierto. Tengo recuerdos de él cogiéndome en brazos cuando era pequeña. Lanzándome al aire. Haciéndome reír. Trayendo regalos y dulces. Solía esperar sus visitas como si fuera el mismísimo Papá Noel. Pero eso está jodido. Debería haber sido mi padre, no una especie de padrino mágico que aparecía cuando quería y compraba mi amor. Vivía por su atención porque no la tenía con suficiente frecuencia.

Maxim se encoge de hombros.

—Seguro que podría haber sido mejor. También podría haber sido peor. Él era quien era. Mi madre era una zorra mentirosa que me engañó haciéndome esperarla durante años. Debería haberlo hecho mejor, pero no lo hizo. Igor me dio más en comparación. Por eso tenía mi lealtad.

Me invade un escalofrío con las palabras de Maxim. Me siento honrada de que haya compartido conmigo este fragmento de su verdadero yo. Su yo roto. Sabía que tenía que haber una historia sobre por qué servía a mi padre con tanta lealtad. Todo el mundo parecía tener una.

—¿Tu madre te engañó? —pregunto con suavidad.

Maxim mira más allá de mí hacia el océano mientras da pasos tranquilos, nuestros pies hundiéndose en la arena más blanda.

—Cuando me llevó al orfanato, me dijo que volvería. Que fuera bueno. Y así esperé. Esperé durante años. Hasta que finalmente me volví lo suficientemente listo para darme cuenta de que me había engañado. Arruinado por las mentiras de las mujeres parece ser un tema recurrente conmigo. —Me lanza una mirada significativa, y mis entrañas se revuelven. Mi cuerpo se calienta y enfría deseando no haber arruinado su vida como lo hice.

—Lo siento...

—*No lo hagas.* —Me corta con sus duras palabras. Como si me hubiera mostrado demasiado y lo lamentase.

No me atrevo a hablar, aunque mi aliento se queda suspendido en mi pecho, contenido. Necesitando salir de golpe.

Después de un momento angustiante, Maxim me salva continuando.

—Me escapé del orfanato a los catorce años e intenté arreglármelas por mi cuenta. Me fue bastante bien. Aprendí a robar carteras y dormía en un edificio vacío en el que entré por la fuerza. Igor me vio en las calles. Tenía la costumbre de reclutar a chicos sin suerte de la calle. La sede de la Bratva tenía camas calientes y comida. Mucho dinero para repartir si demostrábamos nuestra valía. Cada miembro necesitaba un chico de los recados. Joder, les encantaba formarnos a su imagen y semejanza. Violentos y despiadados, pero con reglas.

—¿Eras el chico de los recados de mi padre?

Maxim asiente.

—Aprendí del mejor. —Su sonrisa es triste, como si no le gustara el hombre que fue. O quizás el que aún es—. Presté atención. Escuché y observé. Igor se dio cuenta de que era inteligente cuando empecé a solucionar los problemas en los que se metían algunos de los otros brigadieres. Así es como obtuve mi título de solucionador. Era demasiado joven para el liderazgo, así que me mantuvo a su lado como estratega. Me enviaba cuando surgían problemas para solucionarlos.

—Le estás agradecido.

Maxim asiente.

—Siempre le estaré agradecido. La vida que me dio era

mucho mejor que la que tenía. Yo no era nada, y él me convirtió en un hombre poderoso.

—Y yo lo arruiné.

—No. —Maxim se detiene y mira hacia el océano—. Eso pensé en aquel momento, pero no. —Se gira para mirarme, y me cuesta todo mi valor no apartarme—. Me hiciste un favor. Mi vida es diez veces mejor aquí que en Rusia. Ravil tiene Chicago a sus pies, y comparte la riqueza generosamente. Soy feliz aquí.

Intento tragar, pero no puedo. Quiero preguntar si me perdona, pero las palabras se atascan en mi garganta.

—¿Lo sabías? ¿Que él sabía que no era verdad?

—No. —Maxim retira su mano de la mía, y registro la pérdida por un segundo hasta que me doy cuenta de que era para apartarme el pelo de la cara. Mi estómago revolotea cuando sus nudillos hacen ese contacto fugaz—. Pero me lo preguntaba. Eso explica por qué estoy vivo. Supuse que no estaba seguro, y por eso se cubrió las espaldas enviándome fuera del país. —Rodea mi garganta con una mano, su pulgar acariciando suavemente la columna de mi cuello—. Pero lo sabía con certeza. Lo cual supongo que es prueba de su amor por ti.

Frunzo el ceño.

—¿Cómo, exactamente?

—No desenmascaró tu mentira. Te respetó lo suficiente como para deshacerse de mí ya que querías que me fuera. Y puede que esté equivocado, pero creo que él me tenía bastante aprecio. Yo era su protegido. Hecho a su imagen y todo eso.

Mi cara se sonroja. Quería hacerle daño, pero no quería realmente que se fuera. Mi padre me mantenía alejada de la gente y los negocios la mayor parte del tiempo, pero cuando nos llevó de vacaciones al año siguiente y Maxim no estaba, sentí intensamente la pérdida.

—Yo... fui estúpida y rencorosa. Si te hubiera matado, nunca me lo habría perdonado.

Maxim acaricia mi labio inferior con la yema del pulgar.

—Igor probablemente también sabía eso.

—Creo que le das más crédito del que merece.

Maxim niega con la cabeza.

—No. Aprendí a su lado. Consideraba todos los ángulos antes de hacer un movimiento. Debió decidir que eliminarme era la mejor solución para ambos. Igual que decidió que unirnos ahora cerraría el círculo.

Algo enorme se sacude dentro de mí. No estoy segura de creer que Maxim y yo estuviéramos destinados a casarnos. Que nuestro matrimonio sea un cierre o una conclusión. Todavía sospecho que mi padre me estaba castigando. Pero escuchar la otra posibilidad me hace replantearme todo lo que creía. Sin embargo, esos pensamientos son peligrosos.

Especialmente después de mi conversación con mi madre.

Maxim me toca la nariz pareciendo leer mi mente con esa habilidad sobrenatural suya.

—O tal vez todo sea su retorcido sentido del humor. Ahora mismo se está riendo de nosotros desde la tumba.

Pongo las manos en mis caderas.

—No veo cómo esta situación es tan terrible para ti.

Los zapatos caen a la arena, y él rodea mi cintura con un brazo y me acerca hacia él.

—No, tienes razón —murmura, acercando sus labios justo encima de los míos—. En este momento, no parece tan malo para mí. —Roza sus labios sobre los míos. Mis pechos presionan contra sus costillas, y deslizo una mano bajo su camisa para sentir esos abdominales duros como una roca que vi antes—. Tengo una esposa sexy y rica. —Me aprieta el trasero, acercando mis caderas contra él—. Y aunque sea difícil de manejar, castigarla es posiblemente lo mejor que me ha pasado en la vida.

Lo mejor que le ha pasado en la vida.

No puede hablar en serio.

Es decir... por supuesto que no. Eso es ridículo.

—¿El momento cumbre de tu vida sexual?

Maxim sonríe con picardía.

—Definitivamente. —Me muerde el labio inferior.

Le beso, mientras mi mano acaricia su espalda por debajo de la camisa. Cuando encuentro la pistola, me sobresalto y retiro la mano.

Maxim me acuna la nuca y me levanta el rostro para darme un verdadero beso. Su lengua se desliza entre mis labios, tira de ellos, cambia de posición, me besa de nuevo. Mis pezones se endurecen bajo el sujetador, y me quedo sin aliento.

A pesar de lo dolorida que estoy ahí abajo, me descubro anhelando más sexo. Quiero sentirlo todo. Todas las posiciones, todos los orgasmos. Las amenazas que Maxim hizo sobre artilugios y ataduras.

—Lástima que ya hayamos hecho el checkout. —Suspiro cuando interrumpe el beso.

Sus ojos están oscurecidos.

—*Da.* Pero ya te he agotado, ¿no? —Su sonrisa es perversa. Se agacha para recoger nuestros zapatos—. Tendré que llevarte a casa para nuestra próxima ronda. —Me guiña un ojo—. Tienes todo el viaje en avión para recuperarte.

Le aparto suavemente.

—Estás muy seguro de ti mismo.

Me toma de la mano y cambia de dirección, caminando de vuelta por la playa por donde vinimos.

—Oh, no tengo ninguna duda de que me mantendrás ocupado, *caxapok.* La docilidad no está en tu naturaleza, ¿verdad?

Sonrío, irracionalmente feliz de que parezca celebrar precisamente lo que mi padre no soportaba de mí.

—No —confirmo.

—No pasa nada. Puedo manejarte. —Las palabras son ligeramente ofensivas, pero la calidez que las acompaña me mantiene flotando.

La verdadera pregunta es: ¿puedo yo manejarlo a él?

Y mi mayor temor es que no pueda.

Que estoy completamente fuera de mi liga con este hombre.

Con mi marido.

CAPÍTULO 13

*M*axim
Consigo billetes para un vuelo de tarde a Chicago, y ya es de noche cuando salimos del taxi de vuelta al Kremlin. Estoy francamente animado, muy lejos del humor con el que me subí al avión ayer para ir tras mi esposa fugitiva.

No soy tan ingenuo como para creer que la he conquistado, pero ciertamente se está volviendo más dócil. O quizás soy lo bastante tonto como para creer eso solo porque por fin he mojado. Sé que el sexo puede volver idiotas a los hombres; Ravil es el mejor ejemplo de ello cuando secuestró a su rollo de una noche embarazada.

Tomamos el ascensor hasta el ático donde encontramos a Oleg saliendo por la puerta, oliendo a la colonia de Nikolai.

—¿Qué es esto? —pregunto—. ¿Vas a escuchar tocar a tu chica?

Oleg hace un gesto apenas perceptible con la cabeza. Comunicarse con él es más un juego de lectura mental que otra cosa.

—¿Qué chica? ¿Tocar dónde? —Sasha toca el brazo musculoso de Oleg—. Oleg, ¿tienes novia?

Es un toque inocente, pero una parte primitiva de mí se eriza al ver sus dedos sobre la piel de otro hombre.

Agarro su muñeca para apartarla de Oleg y le retuerzo el brazo detrás de la espalda.

—¿Qué te dije? —murmuro en su oído—. No toques a otros hombres, *caxapok*. No querrías que le diera un puñetazo en la garganta a Oleg; creo que todos sabemos que yo sería quien perdería esa pelea.

La risa de Sasha es gutural. Se retuerce contra mi agarre, pero solo es teatro. Le gusta que la retengan, puedo notarlo.

Mi polla se pone dura pensando en todas las cosas sucias que quiero hacerle.

Oleg nos mira a ambos con dudas. La cautela es su estado habitual, incluso con nosotros, sus compañeros de suite y hermanos de la Bratva.

Pongo a Sasha al corriente.

—Oleg va a escuchar a una banda local cada semana. Está colado por la cantante.

Mi chica fiestera se ilumina, dirigiéndome esos brillantes ojos azules.

—¿Podemos ir? —Dirige su mirada interrogante a Oleg y luego de nuevo a mí.

Mis planes definitivamente eran más bien encerrarla en mi dormitorio de nuevo y no dejarla salir nunca, pero es imposible negarle algo después de que me mostró su lado dulce. Devorar a mi nueva esposa otra vez tendrá que esperar.

Miro a Oleg.

—¿Te parece bien?

Oleg está por debajo de mí en rango, pero es nuestro ejecutor y literalmente puede aplastar a un hombre con sus propias manos. No voy a joderle cuando hay una mujer involucrada.

Nos mira fijamente durante un momento y luego encoge sus hombros musculosos.

—Vale. Nos vemos allí. ¿Rue's Lounge?

Oleg asiente.

—¿Está bien si llevamos a toda la pandilla?

Oleg se aleja.

Bueno, no fue un *no*.

Guiño un ojo a Sasha y paso mi tarjeta llave por la puerta de nuestro ático.

—¡Nuestra princesa ha sido encontrada! —exclama Dima desde su estación de ordenador en la sala de estar. Su gemelo está sentado en el sofá con Pavel viendo *The Boys*.

—Sí. ¿Localizaste ese collar de descargas para evitar que se escape de nuevo? —bromeo.

Sasha se gira hacia mí para asegurarse de que estoy bromeando, y yo sonrío.

—*Mudak*. —Me golpea con el dorso de la mano—. ¿Queréis ir a ver tocar a la novia de Oleg?

Me gusta que Sasha ya esté ejerciendo de coordinadora social con mis hermanos. No es la tímida flor que espera a que yo tome la iniciativa. Cuando está en una habitación, la domina. Me encanta eso de ella, pero tengo la sensación de que también me costará caro a veces.

Como cada vez que toca inocentemente a otro hombre.

—Sí, yo iré —responde Dima primero.

Pavel apaga la televisión.

—Claro. —Se levanta y Nikolai le sigue.

—¿Qué hay de Ravil y Lucy? —pregunto.

—Creo que están ocupados. —Nikolai mueve las cejas, y el resto de nosotros gruñimos.

—Sí... —Miro a Sasha, preguntándome de nuevo por qué

accedí a esto cuando podría tenerla desnuda en mi cama ahora mismo.

—Dame veinte minutos —dice, saliendo disparada hacia mi... nuestro... dormitorio.

Miro a los chicos antes de seguirla.

—Que sean treinta y cinco.

Alcanzo a Sasha en el armario donde le arranco el vestido del cuerpo.

—¡Oh! *Gospodi*, Maxim. —Se gira para mirarme, con las manos contra mi pecho, sus ojos abiertos de sorpresa.

Es fácil olvidar que es inocente, pero lo veo brillar a través de su bravuconería ahora. Hay un toque de asombro y nervios junto con la excitación.

Deslizo mi mano por su culo, mi dedo medio trazando a lo largo de su tanga hasta su hendidura. Hundo mi nariz en su cuello.

—Te quiero de nuevo, *lyubimaya*. ¿Estás demasiado dolorida?

En lugar de responder, se deja caer de rodillas y desabrocha mis pantalones.

Joder. Soy un capullo porque sé que eso significa que está demasiado dolorida, pero soy incapaz de impedir que esa boca exuberante envuelva mi polla de nuevo. Saca mi verga y la aferra por la base, metiéndola profundamente en su boca.

Aprieto mis dedos en su pelo y luego los obligo a abrirse y masajear la parte posterior de su cabeza en su lugar.

—Dos veces en un día. Me haces sentir como un puto rey. —Mi voz suena dos octavas más grave de lo normal.

La mirada azul de Sasha sube para encontrarse con la mía. Sabe que es una campeona haciendo mamadas; puedo verlo por el resplandor de gloria en sus ojos.

Recojo su pelo en una coleta en la parte de atrás para tener una vista completa de su cara.

—Tan dulce... tan jodidamente buena. —Mi cabeza cae hacia atrás. Estoy balbuceando ahora, rindiéndome a las deliciosas sensaciones de su lengua arremolinándose bajo mi polla, sus mejillas hundiéndose para chuparme con fuerza—. No duraré mucho, *lyubimaya*. —No sé cuándo se convirtió en *mi amor*. Hace un momento era un dolor en el culo, ahora se está convirtiendo en todo mi mundo.

Mis muslos empiezan a temblar. No puedo evitarlo, empiezo a dirigir, tirando de su boca sobre mí más rápido, empujando en su garganta. Cierro los ojos, dejando que la presión aumente, que el placer se intensifique.

—Joder, Sasha —maldigo—. Me voy a correr.

Como la última vez, no se aparta, en cambio chupa más fuerte y más rápido. Grito y me corro y ella lo acepta todo, tragándolo todo antes de separarse con una sonrisa descarada.

Me subo la cremallera y la levanto para besarla con fuerza, haciéndola retroceder hasta que su culo golpea la pared.

—¿Quieres mi boca sobre ti ahora, dulzura?

Veo hambre y necesidad en su rostro, pero niega con la cabeza.

—Lo dejaremos para otra ocasión.

Acaricio con mi nariz su cuello y deslizo mi mano dentro de una de las copas de su sujetador.

—Lo siento si fui demasiado brusco contigo esta mañana.

—Fuiste perfecto —murmura.

Le levanto la barbilla para besarla de nuevo. Quiero consumirla. Poseerla tan completamente que nunca huya de mí. Hacer que se enamore.

Maldita sea. Eso es, ¿verdad? Quiero que mi esposa se enamore de mí.

¿Cómo coño ha ocurrido esto? ¿Cuándo ocurrió?

—Vamos, no quiero perderme la actuación de la novia de Oleg. — Sasha me empuja suavemente en el pecho. Le robo un beso más antes de soltarla.

—Canta —corrijo, porque la mujer que le gusta es la cantante del grupo—. No es su novia. Solo una chica que le gusta. Quizás puedas ayudarle a conseguir su número. Parecía que iba a partirme la cara la última vez que intenté hablar con ella en su nombre.

—Ooh, esto va a ser divertido.

Sasha rebusca en sus maletas y saca unos vaqueros ajustados y un bustier provocativo. Un par de tacones altos completan el conjunto.

Me cambio la camisa y la observo revolotear por la habitación y el baño mientras se prepara. No sé por qué me fascina tanto cada movimiento que hace. Su rápida aplicación del maquillaje. El cepillado de su espeso cabello. Aplicarse esencia en las muñecas y el cuello. Atrapo su muñeca y me la acerco a la nariz. No es empalagoso, no es un perfume químico que me hará querer ducharme después de que me abrace. Es un cálido aroma cítrico que me da ganas de comérmela entera.

—¿Lista?

—Nací lista. —Me lanza esa sonrisa pícara, y deslizo mi antebrazo bajo su trasero, levantándola para que me rodee con las piernas. Grita mientras la llevo fuera del dormitorio hacia la suite donde esperan Dima, Nikolai y Pavel.

Dima arquea una ceja.

—He ganado.

—¿Ganado qué? —Bajo a Sasha suavemente al suelo y la rodeo con el brazo por la cintura.

—La apuesta. Ellos no creían que tú convencerías a Sasha de quedarse en menos tiempo del que le llevó a Ravil evitar que Lucy huyera.

—Os voy a dar un puñetazo en la garganta a todos —advierto, tirando de Sasha para alejarla de esos imbéciles y salir por la puerta—. Ignóralos —le digo—. Los dos sabemos que todavía no he ganado nada.

CAPÍTULO 14

Sasha

El Rue's Lounge es un local hípster, desaliñado pero muy chulo. Está ubicado en el sótano de una zona más industrial de la ciudad. La banda aún no ha empezado, pero Oleg ha reservado la mesa para dos más cercana al escenario, donde está sentado con una pinta de cerveza artesanal delante de él.

—Hola, ¿qué tal? —Le toco el hombro antes de recordar con una sonrisa que a Maxim no le gusta.

Me complace irracionalmente su posesividad. Especialmente porque no me hace sentir como una puta, sino como alguien deseable. *Muy* deseable.

Ocupo la silla libre junto a Oleg mientras Maxim y los otros tres chicos consiguen sillas y las colocan alrededor de nuestra diminuta mesa. Una camarera llega rápidamente, y todos pedimos una ronda de la cerveza local de barril. Mientras nos acomodamos, el local empieza a llenarse.

Me inclino hacia delante, disfrutando completamente. A diferencia de los hombres de mi padre, estos chicos son amables. Soy la esposa de su compañero de piso, no la hija del jefe. El ambiente aquí es totalmente diferente. Parecen tener sentido del humor y un afecto casual entre ellos, como si todos estuviéramos en la serie *Friends* o algo así.

—¿Qué pasa con Lucy y Ravil?

Nikolai y Pavel gimen y se recuestan en sus sillas. Oleg apenas aparta la mirada del escenario vacío. Como un perro esperando en la puerta a su dueño, aunque el coche aún no haya entrado en el garaje. Dima mira a Maxim para que cuente la historia.

—Ravil se lio con Lucy en una especie de rollo de una noche el pasado San Valentín. Ocurrió en un club BDSM en Washington, D.C. y fue anónimo, sin nombres ni números de teléfono intercambiados. Avanzamos hasta este mes: Ravil va a contratar a una abogada defensora de primera para uno de nuestros chicos. Cuando aparece en su despacho, se encuentra con Lucy, embarazada de su hijo.

Me tapo la boca con la mano.

—¡No! —También quiero saber mucho más sobre el club BDSM, pero no quiero interrumpir la historia.

—Así que Ravil pierde la cabeza. Normalmente es muy sensato. Quiero decir, como solucionador de la célula, casi nunca tengo que solucionar nada. —Maxim extiende sus manos—. Más de la mitad de la operación es legítima. Solo se emplea la fuerza cuando es necesario.

—¿Y qué pasó? —Estoy impaciente por conocer la historia de amor. Suena mejor que la ficción.

Maxim se encoge de hombros.

—Pues la secuestra.

—¿Qué?

—Sí. Se sintió profundamente ofendido porque ella no se lo había dicho. Se lo tomó muy personalmente. La instala en su suite y pone a Oleg en su puerta para que no pueda salir.

Le dice que tiene que trabajar a distancia hasta que nazca el bebé.

Niego lentamente con la cabeza.

—Eso no está bien. —De repente Ravil no me cae demasiado bien.

—Ya te digo. Y es mi trabajo asegurarme de que mierdas como esta no nos exploten en la cara, ¿verdad? Así que lo miré desde todos los ángulos, y solo se me ocurrió una solución.

Levanto las cejas.

—¿Cuál fue?

—Hacer que se enamorara. Estaba claro que él ya estaba colado por ella. De lo contrario, no habría estado herido. Así que esa fue mi única solución. El amor.

Me recuesto en mi silla, aliviada por Lucy. Más que un poco impresionada con Maxim.

¿Fue esa también su solución para nosotros? Quiero preguntarle, pero mi orgullo no me lo permite.

—Y funcionó —concluyó

—Casi no lo consigue. Pero sí. Gracias a Dios.

La banda sale, y observo la reacción del cuerpo de Oleg. No se mueve, pero veo cómo sus músculos se tensan, la intensidad de su mirada sobre la única mujer de la banda resulta casi intimidante.

Es una belleza punk-gótica. Como una Blondie de la era moderna, tiene un corte bob platino con flequillo y un grueso delineador negro. Tiene la nariz perforada y una estructura ósea perfecta, una de esas caras en forma de corazón que la mantendrán bella como una modelo hasta bien entrada la vejez. Lleva una minifalda con medias de rejilla y botas Doc Martens. Su top es de estilo Madonna de los primeros tiempos, con escote recortado para que cuelgue abierto sobre un hombro. Está explotando el rollo de chica mala del rock and roll, y de alguna manera me cae bien al instante.

Quiero decir, si Oleg no estuviera obsesionado, probablemente ni me habría fijado en ella. No se parece en nada a mí ni a mis amigas. Pero su obsesión me da curiosidad. Ella coge el micrófono.

El local se ha llenado desde que llegamos; ahora un murmullo de risas y conversaciones hace necesario elevar nuestras voces para hacernos oír. La multitud encaja con la banda, un poco grunge-punk, y la gente parece conocerse. Como si Oleg no fuera el único tipo que viene a escuchar a la banda habitualmente.

—Hola a todos, gracias por venir —dice ella—. Soy Story, y nosotros somos los Storytellers.

Aunque está hablando por el micrófono, la gente no se detiene para escuchar. Pero así es en un bar o salón. No es un concierto donde los músicos reciben toda la atención del público. Aquí son el telón de fondo.

Las cejas espesas de Oleg se fruncen como si quisiera romper algunos cráneos por ello.

Da un codazo a Nikolai y se lleva los dedos formando un anillo a los labios. Nikolai imita el gesto y da un fuerte silbido que capta la atención de la gente.

—Eh, gracias —dice Story, sonriendo hacia nosotros. Su mirada rebota y vuelve a Oleg, y parece dedicarle una sonrisa especial y secreta—. Y gracias a Rue por tenernos aquí de nuevo esta noche. Este es nuestro lugar favorito para tocar. —Saluda con la mano, y una mujer con piercings y un mohicano azul detrás de la barra le devuelve el saludo.

—La primera canción que vamos a cantar se llama "Let's Go".

La banda arranca con una canción animada y bien ensayada. Las letras de Story son ingeniosas. Los estribillos son perfectos. No sé mucho sobre la industria musical, pero me sorprende que estos chicos no hayan ido más allá de Chicago. Son geniales.

Nos sentamos y observamos. No me atrevo a intentar más conversación con Oleg sentado a la mesa. Claramente está aquí por la banda, y no quiero ser maleducada. En su lugar, observo a la banda, a Oleg, a los otros chicos en nuestra mesa. Maxim me observa a mí.

Me inclino y le beso la mandíbula.

—Esto es divertido.

Él me saca de mi silla y me sienta en su regazo.

—*Tú* eres divertida. —Me acomodo en su abrazo. Se siente fácil y natural y, al mismo tiempo, emocionante.

La siguiente canción es más lenta, y Story camina hasta el borde del escenario para cantar. Como yo, ella se siente cómoda siendo el centro de atención. No se trata solo de la música, sino de la interacción con el público. Se esfuerza por crear conexiones: mira a la gente a los ojos mientras canta, hace que su rostro sea expresivo para acompañar las palabras.

Puedo ver cómo Oleg se enamoró de esta personalidad. Aunque dudo que ella tenga algún interés en él. Probablemente solo le parece así por la forma en que ella actúa.

Observo canción tras canción, disfrutando de toda la escena.

Al final del segundo set, tienen a una multitud ebria abarrotando y bailando en la diminuta pista de baile frente al escenario. Estamos a un lado, con la suerte de tener asientos justo al lado de la pista, pero aún al lado del escenario. La banda comienza lo que parece ser su gran éxito, divertido. El final de la noche. El público vitorea, claramente familiarizado con ella. Story brinca hasta el borde del escenario cerca de nosotros, cantando a pleno pulmón. Baja las escaleras y se une a los bailarines en la pista.

La espalda de Oleg se pone rígida como una vara, sus

manos carnosas se cierran en puños como si fuera el gorila de seguridad listo para echar a cualquiera que la toque.

Aunque ella los está tocando. Se ponen en fila detrás de ella y recorren el local, cantando a gritos en una loca conga.

—Vamos. —Salto de mi asiento para unirme.

Maxim me da esa sonrisa indulgente y lentamente se levanta de su silla, cuidando mi espalda mientras me uno a la fiesta. Story serpentea con el grupo. En lugar de volver al escenario, se sube a mi silla vacía y luego al centro de nuestra mesa. El público vitorea.

Se estabiliza con una mano en el hombro de Oleg. En el momento en que lo toca, la mano de él sale disparada para sujetarla por la cintura. Ella pasa una pierna por encima de uno de sus anchos hombros, montándolo.

El público vitorea, creo que posiblemente por su audacia al trepar por su audiencia como si fuera un gimnasio de la selva.

El codo de Oleg se dobla para asegurarla con la mano extendida en su espalda baja. Cuando se levanta lentamente, hay más gritos y vítores, y algunos miembros del público muy borrachos empiezan a trepar a los hombros unos de otros como si fueran a tener una pelea de gallos. Oleg lleva a su reina al centro de la pista de baile donde su colmena se arremolina a su alrededor, glorificándose en la posición real en la que él la ha puesto.

La banda continúa durante tres bises antes de que Oleg la deposite suavemente de pie en el escenario, y todo el local se vuelve loco vitoreando a él, a la banda y especialmente a Story, su cautivadora vocalista.

—¡*Gospodi*! —le grito a Maxim—. ¿Eso ocurre siempre?

Maxim y sus compañeros de piso comparten expresiones desconcertadas.

—Nunca lo había visto antes.

Oleg regresa y se sienta, con una expresión impasible, pero con un rubor visible bajo su barba incipiente.

Los chicos le ofrecen puños para chocar, pero él los ignora, cruzando los brazos sobre el pecho para seguir observando a su obsesión. Ella está sin aliento, riendo y agradeciendo al público. Prometiendo volver a la misma hora la semana siguiente.

Story y los miembros de la banda hacen reverencias y saludan, y luego comienzan a recoger su propio equipo; supongo que son demasiado pequeños para tener un equipo de sonido.

Las luces fluorescentes del techo se encienden.

—¡Última ronda! —grita Rue desde detrás de la barra.

Maxim pide otra ronda para todos, tirando de mí de vuelta a su regazo.

Cuando Story baja del escenario, tiene un montón de gente esperando para abordarla, pero siendo como soy, me levanto y hago un pequeño saludo como si nos conociéramos.

Ella me mira a los ojos y sonríe.

—¡Viene hacia aquí! —le digo a Oleg.

Por un segundo, creo que va a salir disparado. Se levanta de golpe, pero Dima y Nikolai le ponen una mano en los hombros y lo retienen.

—Tranquilo —le dice Nikolai.

Story se acerca. Su sonrisa es curiosa, como si no estuviera segura de si realmente nos conocemos o qué voy a decir.

—Hola, gran espectáculo —le digo, extendiendo mi mano—. Me llamo Sasha. —Ella la estrecha—. Has estado fenomenal. Tenía que venir a veros porque sé que mi amigo Oleg os tiene en un pedestal. —Señalo hacia Oleg.

—*Oleg* —repite ella como si hubiera estado deseando saber su nombre. Extiende su mano hacia él.

Ahora él se levanta de la mesa, y esta vez los gemelos le dejan. Él estrecha su mano entre las suyas y no parece querer soltarla jamás.

—No nos hemos presentado formalmente.

—Es mudo, pero no sordo —explico porque ella obviamente está esperando que él diga algo—. Le encanta tu música. A todos nos encanta —añado, señalando al resto de los chicos, que levantan las manos en señal de saludo.

—¿De dónde sois? —pregunta.

Mi acento es más fuerte cuando he bebido.

—Rusia.

—¿Todos vosotros? —Está mirando a Oleg, que todavía no ha soltado su mano.

—Sí.

—¿Podemos invitarte a una copa? —pregunta Maxim, de pie junto a mí. Cuando Oleg frunce el ceño, Maxim rectifica —: Oleg siempre está dispuesto a una copa después de un set. En cualquier momento.

—Esta noche no puedo, pero quizás la próxima vez. —Saca su mano del agarre de Oleg—. Gracias por dejarme jugar contigo esta noche. Has sido un buen compañero.

—El placer ha sido suyo —completa Maxim tras la pausa incómoda cuando ella se dio cuenta de que él no podía responder.

Después de que ella se aleja, Oleg se hunde en su silla, mirando con el ceño fruncido a la mesa.

—No puedes matarnos porque lo hizo Sasha —dice Maxim, guiñándome un ojo—. Mi brillante esposa.

Su brillante esposa.

Me ilumina el resplandor de tres palabras que nunca imaginé que escucharía de los labios de Maxim. A horcajadas sobre su regazo, lo beso. Esto ha sido divertido. Siento que pertenezco a este lugar, que todo es fácil y ligero, como en mis días universitarios.

Quizás Maxim tenía razón.

Quizás mi padre eligió para mí un marido que creía que podría hacerme feliz.

No, eso sería atribuirle demasiado mérito. Pero al menos parece que su estúpido plan para mí no ha sido lo peor que pudo pasarme.

CAPÍTULO 15

M axim
      Al día siguiente, Ravil me busca cuando Sasha está en nuestro dormitorio.

Con toda la gloria de nuestro ático, no tenemos ningún espacio para oficinas. Por eso Dima se ha instalado en la sala de estar. Ravil hizo que instalaran un escritorio en su suite para que Lucy pudiera trabajar, pero el suyo también está en la sala. En el pasado, eso funcionaba. Todos estamos en el mismo negocio. Nadie necesitaba privacidad para llevar a cabo sus asuntos. Ahora que tenemos mujeres viviendo con nosotros, sospecho que eso tendrá que cambiar.

Hay muchos espacios de oficinas y salas de reuniones en las plantas inferiores del Kremlin, así que podríamos establecer una suite de negocios separada.

—¿Alguna noticia de Galina?

—Sasha habló con ella. Está bien, solo manteniéndose oculta. Está con Viktor.

—¿Viktor quién? —Ravil parece sospechoso.

Me encojo de hombros.

—Solo era un brigadier. Creo que hacía de guardaespaldas para Galina y Sasha. Quién sabe, tal vez eran amantes.

—Ah.

—¿Cómo están las cosas en Moscú?

—Leonid Kuznetsov e Iván Lebedev están reclamando el poder. Si se repartirán las células de Igor o uno matará al otro, está por verse.

—Mmm. Mi apuesta está con Kuznets, ¿y la tuya? —Recuerdo al *pakhan* de la célula, Leonid Kuznetsov. Era inteligente y despiadado. Un poco demasiado codicioso, un poco demasiado orgulloso, pero sería un líder decente.

—Igual, sí. Está pidiendo nuestro apoyo.

—¿Se lo has dado?

—Sí. Prefiero tratar con él que con Lebedev. Ese hombre es irracional.

—De acuerdo. ¿Entonces no parece que Sasha o Galina formaran parte de este golpe? ¿Has oído algo?

—Nadie parece preocuparse. Aparte de la llamada inicial cuando me enteré de que Galina había desaparecido, nadie la ha mencionado de nuevo. No, no creo que formaran parte de ello.

Exhalo un suspiro que había estado conteniendo desde que Ravil llamó por primera vez con la noticia cuando estábamos en California.

—Gracias a Dios.

—Sí. —Ravil me observa—. ¿Se está volviendo más dispuesta?

Recuerdo la imagen de mi hermosa esposa acostada esta mañana, con las piernas sobre mis hombros, gimiendo mi nombre.

—Parece que nos estamos llevando bien.

Los labios de Ravil se contraen.

—Bien. Eso es mejor para todos.

—Ni que lo digas —respondo con sequedad. Durante un

tiempo, casarme con Sasha se sintió como una condena de prisión. Sé que ella sentía lo mismo—. La mantendré bajo vigilancia constante hasta que Dima haya diseñado algún tipo de sistema de alarma para avisarnos si algún miembro de la Bratva entra en este país. Incluso sin Sasha en el panorama, será un buen mecanismo para tener en marcha.

—Sí. No necesitamos que Iván envíe a alguien aquí para instalar su propio equipo en nuestro lugar. Ya aumenté la seguridad del edificio en cuanto mataron a Vladimir.

Asiento, sin sorprenderme. Ravil es un hombre inteligente.

—¿Sasha no intentará huir de nuevo?

Podría. No soy lo bastante tonto como para pensar que la tengo domada o que confía en mí. Parece que nos llevamos bien, pero sé de primera mano cómo puede cambiar de humor de repente. Aun así, cuando huyó, no llegó muy lejos, y sabía que yo la seguiría. En otras palabras, no huyó en serio, solo me estaba haciendo trabajar.

—Puedo manejarla.

La puerta del dormitorio se abre, y Sasha sale con sus pantalones cortos para correr.

—Me voy a correr. —Tiene ese aire altivo que tenía cuando la traje de vuelta por primera vez.

—No irás sola.

Me ignora y camina hacia la puerta.

—Será mejor que te des prisa, entonces.

Joder. Ya estoy con mi ropa de correr porque anticipé su deseo, pero me apresuro a coger mi llave y mi cartera. La alcanzo en el pasillo fuera del ático, rodeándola con un brazo por la cintura para atraerla hacia mí.

—Eh. Eh. ¿Qué pasa?

Cuando forcejea conmigo, la clavo contra la pared y sujeto sus muñecas a ambos lados de su cabeza.

—*Caxapok*, ¿qué ha pasado? —Intento mirarla a la cara,

pero ella mira a través de mí. Hundo mi cara en su cuello y la acaricio con la nariz—. ¿Por qué me haces trabajar? ¿Qué he hecho mal?

Su respiración raspa entre nosotros por un momento.

—¿Qué estabas diciendo sobre mí? —Hay acusación en su tono.

Ay, mierda. Rebobino, tratando de recordar lo que le había dicho a Ravil. Lo que ella había oído.

Sostengo sus muñecas con firmeza y la clavo con mi mirada más directa.

—No estaba siendo irrespetuoso, lo juro por la tumba de tu padre.

Hace un sonido de burla y comienza a apartar la mirada, pero sus ojos vuelven a los míos. Está insegura. No sé qué la hizo tan insegura. Hace media hora, estábamos en la dicha postorgásmica, ella acurrucada contra mi costado ronroneando. Pero lo entiendo. A nadie le gusta que hablen de uno. Probablemente perpetúa esa sensación de que no está a cargo de su propia vida.

—Ravil preguntó si ibas a seguir huyendo. Le dije que podía manejarte. Lo siento. *No* pretendía fastidiar esto. ¿He herido tus sentimientos?

Le doy un beso en la sien, en la mejilla. En la nariz.

—¿Cómo vas a manejarme? —pregunta malhumorada. Está enfurruñada, pero puedo notar que cualquier barrera que hubiera levantado está cayendo.

—Oye. —Me sitúo frente a ella cuando aparta la mirada —. Lo siento. No quise decir nada más que si huyes, te perseguiré. Ya lo sabes, ¿verdad, *lyubimaya*?

—¿Por qué preguntaba él?

Entrecierro los ojos.

—¿De qué se trata esto?

—No me hagas gaslighting. Quiero saber por qué estabais hablando de mí.

Suelto sus muñecas y me enderezo, dándome cuenta de que hay algo más grave aquí. Está genuinamente preocupada por algo.

—Ravil es mi *pakhan*. Estábamos hablando de negocios. Ahora tú formas parte de nuestro negocio. Si alguien viene a por ti, la célula de Ravil, mi célula, será la que tenga que ocuparse. Eso es todo.

Traga saliva y asiente, pero no estoy seguro de haberla convencido.

—Escucha, sé que es difícil confiar. Este matrimonio nos pilló por sorpresa a los dos, y tu vida cambió por completo en un instante. Lo siento. Pero no estoy planeando más sorpresas. No voy a tomar decisiones por ti a menos que sea para protegerte. Tienes mi palabra.

Sasha abandona su postura de lucha y se apoya contra la pared como si esta la sostuviera.

—¿Estamos bien?

Ella asiente, pero parece un poco vacilante.

—¿Aún quieres correr?

Su cabeza asiente más rápido.

—Definitivamente.

Presiono el botón del ascensor y le hago un gesto cuando las puertas se abren inmediatamente.

—Después de ti, *caxapok*.

Sasha

El nudo en el pecho solo se afloja parcialmente con las promesas de Maxim. Entramos juntos en el ascensor, y tengo que respirar para controlar mi ansiedad.

Odio vivir con sospechas. Ojalá mi madre nunca hubiera sugerido que él podría estar tras mi dinero, que podría estar intentando matarme, porque ahora la más mínima cosa me vuelve paranoica.

Aunque escucharlos hablar sobre mí en voz baja no puede catalogarse como *una mínima cosa*. Creo que tenía buenos motivos para cuestionarlo.

Mi madre me envió un mensaje esta mañana desde un número nuevo para decirme que seguía a salvo pero que no la contactara. Me dijo que consiguiera un teléfono desechable, advirtiéndome que Maxim tenía acceso a todo mi historial de llamadas, incluso si borraba los mensajes.

Por supuesto, sé que tiene razón. Sabía que había puesto un rastreador en mi teléfono en el momento en que me lo entregó.

El problema es: ¿cómo consigo un teléfono desechable cuando mi marido no me quita los ojos de encima? Y aunque mi madre esté equivocada, aunque pueda confiar en Maxim, ¿es esta forma de vivir?

No puedo estar asfixiada así mucho más tiempo sin volverme loca. Sé que Maxim dijo que era temporal, pero no sé si puedo creerlo. Ni cuánto durará lo temporal.

Cuando llegamos abajo, salgo corriendo por la ruta que me mostró la última vez. Él mantiene mi ritmo a mi lado, respetando mi silencio, pero lanzándome miradas evaluadoras.

Agradezco que me vea. No intento ocultarle cosas; si lo hiciera, me gustaría pensar que mis dotes de actuación le impedirían ver tanto. Pero tengo que admitir que se siente bien que me preste tanta atención.

Y que se preocupe.

Es difícil creer a mi madre cuando considero lo atento que ha sido Maxim. Aunque, si soy su gallina de los huevos de oro, querría ser atento. Querría tenerme comiendo de su mano para que no notara lo ajustada que estaba la correa.

Corro más de lo que debería; después de unos días sin

ejercicio y las noches de bebida, mi cuerpo está fuera de ritmo, pero se siente bien. Saca la ansiedad de mis poros con el sudor. Despeja el nudo en mi estómago con la respiración.

Volvemos y nos duchamos, no juntos. Maxim parece darse cuenta de que no estoy de humor. Cuando sale, con una toalla envuelta alrededor de su abdomen marcado, lo confronto.

—Quiero un coche.

Ha vuelto a ser el Sr. Tranquilo, sin mostrar nada en su expresión. Deja caer la toalla y se pone unos bóxers.

—Quieres libertad.

Me siento vista de nuevo.

—Sí.

—¿Tienes carnet de conducir?

—Sí. Me saqué uno en California cuando era estudiante.

—Vale. —Asiente—. Vamos a comprarte un coche, entonces. —Hay reserva en su tono, como si estuviera haciendo una concesión.

—¿En serio?

—Por supuesto. Aún no tengo acceso a tu herencia, pero puedo cubrirlo. Te conseguiremos algo llamativo. ¿Un descapotable? ¿Qué tal un Corvette?

Estoy atónita. Nunca esperé que aceptara. Especialmente no con tanta facilidad.

—Lambo.

—Lamborghini será. —Camina hacia mí con solo sus bóxers puestos. Se le nota una erección mientras se acerca—. Te verás sexy en tu Lambo. —Sus párpados caen, me agarra por la cintura y me atrae contra su cuerpo.

—Mmm… —murmuro y lo miro. No esperaba que estuviera de acuerdo. Parece otra prueba de que actúa de buena fe.

No está intentando matarme.

—¿Pero Sasha?

—¿Sí?

—Los Lamborghini son rápidos. —Sus labios se curvan en una sonrisa—. Por favor, no me hagas perseguirte. —Su mano baja para apretar mi trasero—. ¿Prometes portarte bien?

El deseo me recorre ante su insinuación de castigo. Recuerdo lo excitante que fue mi último castigo. Cuánto me gusta este juego.

—Lo prometo —murmuro, solo medio en serio.

—Mmm... —No me cree porque es inteligente y perceptivo.

Le lanzo una sonrisa traviesa.

—¿Podemos ir ahora?

Me roza los labios con un beso.

—Cuando quieras, *printsessa*.

Me relajo y lo abrazo, presionando mi cara contra su pecho. No puede ser malo.

No puede serlo.

Sé que mi madre está equivocada sobre él.

Sasha

Maxim me compra un Lamborghini Huracán descapotable azul eléctrico, que según él hace juego con mis ojos. Después de terminar el papeleo y conseguir las llaves, me ayuda a sentarme en el asiento del conductor, con los ojos ardiendo de deseo.

—¿Me veo sexy? —pregunto, recordando sus palabras.

—Como una estrella de cine.

Camina hacia el lado del copiloto. Sé que debe matarle ir de pasajero. Es todo un macho alfa. El tipo al que le gusta conducir, pero toma el asiento con su elegancia habitual.

Arranco el coche, y salimos del aparcamiento, mostrando

los papeles en la puerta. En lugar de volver al edificio de apartamentos, simplemente me lanzo sin ningún destino en mente. Maxim tenía razón: quería la libertad.

Conducir se siente increíble.

Maxim no comenta ni me dirige, otra sorpresa. Aparto la voz de mi madre de mi cabeza, recordándome que solo intenta mantenerme contenta hasta que tenga mi dinero.

—¿Querías ser una estrella de cine, Sasha? —pregunta Maxim.

—¿Qué? —Le echo un vistazo y descubro que me está examinando atentamente.

—Le dijiste a Kayla que tenías envidia de su agente. ¿Cómo resultó eso, por cierto? ¿Has sabido algo?

¿En serio? ¿Este tío realmente está haciendo seguimiento de mis cotilleos de amigas?

—Consiguió el agente. —Kayla me envió un mensaje anoche con la noticia.

—Me alegro por ella. Entonces, ¿qué hay de ti, Sasha?

Me río.

—Bueno, obviamente, es imposible.

—¿Por mi culpa?

—¿Qué? —Miro sorprendida—. No. ¿Qué posibilidades tengo de conseguir incluso el papel más pequeño? Tengo acento ruso. Necesito perder quince kilos. Y sí, no vivo en Los Ángeles.

—¿Qué hay de actuar aquí? ¿Teatro? ¿O incluso anuncios?

Me estoy mareando. Las palabras de Maxim provocan un tumulto de emociones en mí. Todas las esperanzas y sueños reprimidos que he estado albergando desde que era una niña pequeña. Mis sueños de actuar en una telenovela. Una serie de televisión. O sí, el teatro. Ninguno de ellos ha sido nunca una posibilidad. Mientras estuve en USC, podía fingir, podía meter los dedos del pie en el agua y desear que mi futuro fuera diferente, que yo fuera otra persona, pero sabía que llegaría a su fin.

—Es más difícil de lo que crees —espeto, aunque no es su culpa que me esté alterando y disgustando—. Y el acento sigue siendo un problema aquí.

—Entonces te conseguiremos un profesor de dicción. Muchos actores de otros países perfeccionan el acento estadounidense. Mira a Alicia Vikander, esa chica sueca de la última película de Bourne.

Parpadeo, con la nariz caliente. Está empujando contra mi resistencia. La resistencia que pongo para protegerme de desear esto que no puedo tener.

—No sé ni cómo entrar en el teatro de Chicago —admito.

—Vamos a apuntarte a clases de actuación. Eso te introducirá en el ambiente. Conocerás gente, te enterarás de audiciones. Podemos ir a ver todos los espectáculos locales para hacernos una idea de lo que es bueno y lo que no.

Un minuto estoy conduciendo por la carretera, al siguiente, estoy sollozando.

—¡Sasha! —La voz alarmada de Maxim corta el ruido en mis oídos—. Aparca, *lyubimaya*. Aparca aquí. —Maxim indica un giro y luego otro hacia un aparcamiento.

Detengo el coche y apoyo la frente en el volante para llorar como un bebé.

—Joder. ¿Qué he dicho? ¿Sasha? Mírame, dulzura.

Intento mirarlo, pero me estoy derrumbando por completo. La definición de un desastre total. Ni siquiera sé por qué estoy llorando. No estoy triste. Simplemente estoy totalmente sobrepasada.

—Nadie ha apoyado nunca mis sueños. —Me ahogo, tratando de verle a través de mis lágrimas—. *Nadie.*

Me doy cuenta de que es verdad. Mi madre no era mala madre, pero era realista. Me enseñó que organizar mi vida alrededor de un hombre era la única opción. Y su energía emocional siempre estaba ocupada con mi padre. Por supuesto, mi padre me prohibió actuar en Rusia y dejó claro que volvería a casa después de la universidad, y ahí se acabaría todo.

Mis amigos de la universidad, bueno, nunca me derribarían, pero había un elemento de competencia. Todos queríamos lo mismo, solo que ellos tenían muchas más posibilidades. *Yo* desempeñaba el papel de apoyo porque sabía que ese camino nunca podría ser para mí.

—¿Tú...? —Es difícil hablar a través de mis hipos y sollozos—. ¿De verdad crees que podría actuar? Es decir, nunca me has visto.

—*Sé* que puedes, dulzura. —Acuna mi cara entre sus manos y limpia mis lágrimas con los pulgares—. No hay nada que no puedas hacer. Tienes un talento increíble. Eres inteligente. Eres hermosa. Y ahora tienes un montón de dinero a tu disposición para crear un equipo de apoyo. Nada te va a detener, *lyubimaya.*

—Lo siento —grazno—. No sé por qué estoy llorando. Esto es ridículo.

—Siento que no hayas sido apoyada. Pero ahora te cubro las espaldas. Lo haremos realidad. ¿De acuerdo?

Apenas puedo creer lo que me está diciendo. Una parte de mí todavía piensa que no sabe de lo que está hablando. Es decir, el negocio del teatro es despiadado. No puedo simplemente presentarme y decir "Estoy aquí" y conseguir un trabajo de actriz. Pero incluso el más mínimo atisbo de esperanza, la idea de que podría incluso llegar a probar. Interpretar un pequeño papel en un pequeño teatro comunitario, suena mejor que nada. Incluso en el peor de los casos, podría usar mi dinero para convertirme en mecenas del teatro y estar en ese mundo como benefactora.

Parpadeo con las pestañas salpicadas de lágrimas, observando su apuesto rostro.

—¿Por qué querrías esto para mí? ¿No hace que sea más difícil protegerme?

Él niega con la cabeza con total confianza.

—Nadie te tocará. Estás a salvo conmigo. Me aseguraré de ello. Vivir en Chicago no es perfecto para tu carrera, pero puedes permitirte volar a Los Ángeles si llega a ese punto. Por ahora, empezar aquí podría ser exactamente lo que necesitas. Quién sabe, ¿verdad?

—Vaya. —Los sollozos finalmente disminuyen, y mi respiración se calma—. No puedo creerlo.

—Siento no haberlo mencionado antes.

Miro fijamente sus ojos oscuros, sacando fuerzas de él. Todo mi mundo acaba de cambiar. Mi realidad dio un vuelco por segunda vez, solo que esta vez no podría estar más feliz. Es como si me acabara de entregar una nueva vida brillante en bandeja.

—*Spasibo* —susurro—. *Gracias.*

Él me acaricia suavemente la mejilla con los nudillos.

—Te dije que no había nada que no haría por ti.

Dejo escapar una risa llorosa.

—Me dijiste eso como incentivo para hacerte mamadas.

Él me sonríe y señala el coche.

—Mira lo que te ha conseguido.

Niego con la cabeza, todavía sin creerlo.

—¿Por qué estás siendo tan amable conmigo?

Maxim se queda quieto. Cuando habla, estoy segura de que la respuesta será la verdad.

—Porque eres mía —dice simplemente.

Parpadeo rápidamente.

—¿Incluso aunque no me quisieras?

Me mira fijamente. No hay ni rastro de sonrisa en su cara. Nada del encanto casual y despreocupado.

—Puede que no te quisiera cuando nos casamos. Pero te quiero ahora —dice con total seriedad.

Le creo.

—Puede que yo también te quiera —susurro, con lágrimas recientes brillando en mis ojos.

Levanta la barbilla hacia el contacto.

—Conduce tu coche nuevo. Me gusta verte feliz.

Sonrío y vuelvo a arrancar el coche.

—Esta noche vas a recibir la mejor mamada de tu vida.

—Mmm... —Maxim se ajusta la polla en los pantalones, con una expresión de suficiencia en la cara—. Me *gusta* verte de rodillas.

asha

Estoy tumbada en el sofá viendo *Juego de Tronos* con Dima, Nikolai y Pavel. Maxim, Ravil y Oleg están fuera por algún asunto de negocios.

No he tenido muchas oportunidades de hablar con Lucy: siempre está o trabajando o encerrada en el dormitorio con Ravil, así que cuando la veo caminando hacia la puerta con un albornoz y llevando una toalla, le pregunto adónde va.

—A la piscina de la azotea. —Se acaricia el vientre—. Es mi salvación estos días.

Lanzo una mirada acusadora a Nikolai y Pavel.

—Nadie me dijo que hay una piscina en la azotea.

—Hay una piscina en la azotea —ofrece Pavel.

Le doy un manotazo y me levanto de un salto.

—¿Puedo acompañarte?

—Por supuesto.

—Dame un minuto —digo, corriendo hacia el dormitorio para cambiarme y ponerme un bikini.

Pavel silba cuando salgo con una toalla envuelta en la cintura, y luego hace una mueca.

—Lo siento. Por favor, no le digas a Maxim que hice eso. No quiero que me corte la polla.

—Oh, genial. Algo para tenerte controlado la próxima vez que quiera algo de la cocina. —Sonrío con malicia y me dirijo hacia Lucy.

Es rubia, probablemente diez años mayor que yo, y muy seria. No es desagradable, pero tampoco es del tipo que sonríe excesivamente.

Mientras salimos, murmuro:

—No puedo creer que nadie me hablara de la piscina. Sé que estoy bajo encierro, pero ¿no sería eso bastante seguro?

Lucy me lanza una mirada de reojo.

—¿Cómo lo llevas con el encierro?

—Estoy harta. —Me encojo de hombros—. Pero sinceramente, estoy acostumbrada a cierto grado de restricción. Mi padre siempre tenía gente siguiéndome y vigilándome.

Me conduce por una pequeña escalera hasta una hermosa azotea con un jacuzzi y una piscina. Sombrillas y macetas con flores y árboles rodean la piscina, y hay un trozo de césped artificial.

—¿Y estar casada con Maxim? Oí que no fue exactamente tu elección.

Ni la suya. Esa parte la omite.

Al lado de la piscina, abre una caja y saca una tabla de natación, que me ofrece.

La tomo, y ella saca una segunda para sí misma.

—No, no lo fue. ¿Qué oíste?

Duda. Deduzco que es del tipo de persona demasiado educada para hablar de asuntos privados. Pero quiero saber qué les contó Maxim a los chicos. Qué piensan de mí.

—Sé que eres la hija del jefe en Moscú. Y él arregló tu matrimonio con Maxim.

—Sí.

La sigo mientras se mete por los escalones de la piscina.

El agua está agradable, lo suficiente fría para resultar refrescante, pero sin provocar un shock a mi cuerpo ni darme escalofríos. Coloca la tabla bajo su pecho y avanza con patada de rana por el agua. Hago lo mismo.

—Parecía que Maxim y tu padre fueron muy unidos en su momento. —Me mira para verificarlo—. Y tengo entendido que tuvieron un desacuerdo, pero Maxim siguió siendo leal.

Asiento.

—Yo causé el desacuerdo. ¿Oíste esa parte?

—No. Ravil no mencionó los detalles, si es que los conoce.

Parte de la presión en mi pecho desaparece. Debería confesarlo, pero me siento demasiado avergonzada.

—Escuché que tú tampoco viniste aquí voluntariamente.

—No —dice Lucy. Al otro extremo de la piscina, cambia de dirección, esta vez usando patada de mariposa—. Pero Ravil terminó gustándome. Quizás Maxim también termine gustándote.

—Es autoritario y dominante, pero en realidad mucho más caballero de lo que esperaba. —El recuerdo de Maxim apareciendo en Los Ángeles con un anillo y dejándome quedar y salir de fiesta hace que mi corazón se estruje casi dolorosamente. Es mejor de lo que merezco—. Realmente pensé que me colgaría y se comería mi hígado para desayunar.

—¿Las cosas estaban tan mal entre vosotros?

—Sí.

—Damas. —Levanto la vista para encontrar a Ravil de pie al borde de la piscina, mirando a su novia con adoración. Toma asiento en una de las tumbonas para observarnos como si necesitáramos un socorrista.

Lucy nada hasta el borde de la piscina cerca de él y deja la tabla. Me uno a ella.

—¿Has tenido noticias de tu madre, Sasha? —pregunta Ravil.

Las señales de alarma suenan en mi cabeza, y los pelos de la nuca se me ponen de punta.

—No —miento.

Todavía no he podido comprar un teléfono desechable porque Ravil no me deja salir de casa sola, pero mi madre me ha llamado y enviado mensajes desde diferentes números, siempre advirtiéndome que tenga cuidado con Ravil y Maxim.

No he hablado mucho con Ravil. Si soy sincera, tengo que admitir que me asusta. Es *pakhan*, como lo era mi padre. Aunque técnicamente estaba bajo las órdenes de mi padre, creo que es igual de poderoso. Eso significa que hombres viven y mueren según sus órdenes.

Podría haberle ordenado a Maxim que me aceptara como su esposa porque quiere el control del petróleo ruso. Podría tener planes para matarme que Maxim desconoce. O él y su solucionador podrían haber elaborado un plan juntos.

No quiero pensar así, pero su pregunta sobre mi madre parece intencionada.

Me estudia de esa manera en que solía hacerlo mi padre. Como si viera a través de mí.

Meto la cabeza bajo el agua para ocultar el hecho de que su mirada me pone nerviosa. Cuando salgo, sigue observándome.

—¿No sabes dónde está?

—No. —Intento sonar despreocupada.

—Parece que nadie sabe adónde fue Galina —me dice—. Desapareció al mismo tiempo que murió Vladimir.

Se me seca la boca. Mi corazón late con fuerza. Mantengo los labios apretados para evitar llenar el silencio entre nosotros con información que no debería soltar.

—Algunas personas creen que ella tuvo algo que ver con su muerte.

—¿Qué? —Esto me toma por sorpresa—. Eso es ridículo. ¿Por qué? ¿Porque se ha ido? Por supuesto que se ha ido, ya no era seguro para ella sin la protección de Vladimir.

—Su asesinato fue extraño. Ninguno de sus enemigos o posibles sucesores se atribuyó el mérito. Y fue asesinado con veneno, algo que no es realmente el estilo de la Bratva. Nuestra forma de asesinar suele ser más... evidente.

Lucy hace un sonido de desaprobación y se aleja nadando. Quiero hacer lo mismo, pero me siento atrapada en la mirada azul hielo de Ravil.

—Mi madre no mató a Vladimir —digo.

—Sin embargo, tuviste noticias de ella una vez, ¿no es así? —insiste Ravil.

Así que Maxim *ha* compartido información con él. La piel se me eriza y me siento mareada. Salgo de la piscina.

—Tengo frío —digo, sin responder a su pregunta.

Cojo mi toalla y me la envuelvo sobre los hombros.

—¿Está Maxim abajo?

Ravil niega con la cabeza.

—No. Pero volverá pronto.

Más señales de alarma se encienden. Tengo que apretar los dientes para evitar que castañeteen. Me pongo las chanclas y consigo despedirme de Lucy con un gesto antes de escapar.

Bajo las escaleras tambaleándome y entro en el pasillo, deteniéndome para apoyarme contra la pared fuera de la puerta del ático. Espero a que mi ritmo cardíaco se ralentice, pero incluso cuando lo hace, incluso después de llamar a la puerta para que me dejen entrar en la suite, no puedo deshacerme del frío que se ha filtrado en mis venas.

≈

Sasha

Me toma cuatro días conseguir un momento sin supervisión. Maxim, Ravil y Nikolai fueron a algún tipo de reunión. Esperé veinte minutos, luego cogí mi bolso y me dirigí hacia la puerta.

—Eh, eh, eh —dice Dima, cruzando la mirada con Oleg.

Oleg se pone pesadamente en pie.

Odio el resentimiento que surge hacia ellos por mantenerme prisionera. Me caen bien estos chicos. Me sentía como su igual. Pero ahora tengo que pedir permiso para salir. Conteniendo mi mal genio, uso mis dotes de actriz y levanto la mano como si no fuera gran cosa.

—Solo voy a la farmacia de la esquina. Por cosas de chicas.

No sé por qué hablar sobre la regla siempre incomoda a los hombres, pero tanto Dima como Pavel apartan la mirada. Oleg se queda a metro y medio de mí, claramente listo para seguirme.

—Oleg debería ir contigo —dice Dima. Se encoge de hombros—. Maxim nos mataría si te dejáramos salir sin protección.

De nuevo, oculto mi irritación y me encojo de hombros.

—Como quieras —le digo a Oleg, sujetándole la puerta abierta. Permanecemos en silencio en el ascensor.

Bueno, obviamente. Yo estoy en silencio. Tengo el impulso de charlar para llenar el vacío, pero me resisto. No pedí que me acompañara. No tengo que entretenerle. Camino hasta la farmacia de la esquina. Me giro y pongo una mano en el pecho de Oleg cuando intenta seguirme.

—¿Un poco de privacidad? —Uso mi voz más altiva de princesa Bratva, pero me arrepiento al instante, recordando lo que Maxim me había dicho. Estos chicos no trabajan para mí, son sus hermanos—. Lo siento, es solo que... son cosas de chicas. —Arrugo la nariz—. Es algo vergonzoso.

Oleg retrocede y coloca su espalda hacia la tienda, como si fuera a vigilar todo el sitio mientras estoy dentro.

—Gracias. Saldré en un segundo.

No asiente ni reconoce que he hablado.

Entro, cogiendo rápidamente un paquete de tampones y algunos cosméticos al azar para llenar una bolsa, y luego me dirijo a la pared de electrónica por un teléfono desechable. Necesito la ayuda de un empleado, lo que me pone nerviosísima porque me lleva un minuto llamar la atención de uno, y la pared es visible desde la puerta. Si Oleg mirara hacia dentro, nos vería.

Mantengo mis ojos en su espalda, pero nunca se gira.

Con el corazón acelerado, paso por la caja, con el teléfono enterrado en la bolsa bajo mis cosas femeninas.

Salgo, casi mareada por mi éxito.

Misión cumplida.

—Todo listo. Gracias por venir conmigo —digo, sintiéndome repentinamente bastante parlanchina—. Lo siento, no quería ser grosera. Es que me desgasta sentir que nunca tengo espacio. Pero sé que vosotros solo intentáis mantenerme a salvo, y lo agradezco.

Oleg desliza su mirada hacia mí, pero ese es su único reconocimiento a mis palabras.

—¿Necesitas algo? —pregunto, dándome cuenta de repente lo difícil que debe ser para Oleg funcionar en este mundo—. ¿Puedo comprarte un café o té o cualquier cosa?

Las cejas de Oleg bajan y niega con la cabeza.

—Vale. ¿Cómo te comunicas cuando quieres algo, Oleg? —le pregunto directamente.

Saca su teléfono del bolsillo y lo levanta. Parpadeo, sin entender qué me está diciendo. Obviamente no puede hablar por teléfono. ¿Tiene algún tipo de aplicación?

—¿Lo mandas por mensaje?

Guarda el teléfono.

—¿Eso es un sí? Puedes asentir, ¿sabes?

Sus cejas bajan aún más.

—Lo siento —me disculpo.

Sé que no me hará daño, pero da bastante miedo, solo por su tamaño y factor intimidante. Lo del silencio lo hace aún peor. Estoy segura de que a Ravil y a su célula les basta con sacar a pasear a Oleg y la gente se mea encima.

—¿Era un sí?

Esta vez asiente realmente.

—¿Tienes mi número?

Frunce el ceño aún más.

—Para que puedas enviarme un mensaje si necesitas algo.

Niega con la cabeza, pero es despectivo, como si dijera *ni de coña te mandaría un mensaje por nada.*

Quiero recordarle que fui yo quien le presentó a la chica de sus sueños, pero eso sería llevar las cosas demasiado lejos. Hacerme amiga de Oleg probablemente será un proyecto a largo plazo.

De vuelta en el apartamento, voy al dormitorio y luego al baño, cerrando la puerta y abriendo el grifo de la bañera para tener ruido de fondo. Entonces llamo al último número desde el que me llamó mi madre con el teléfono desechable.

No contesta al principio, así que le mando un mensaje diciendo que soy yo y vuelvo a intentarlo, y entonces responde.

—¡Sasha! ¿Cómo estás, cariño? —pregunta en ruso.

—Estoy bien. ¿Dónde estás? —No sé por qué lancé esa pregunta primero. Supongo que es porque Ravil preguntó. Todos parecen querer saber su ubicación.

—Estoy en un lugar seguro.

—¿Por qué está preguntando? —retumba una voz masculina áspera en el fondo. Se me ponen los pelos de punta.

—¿Es ese Viktor?

—Sí. ¿Dónde estás, Sasha? ¿En el ático de Ravil? —Más

tarde me preguntaría cómo sabía ella sobre el ático de Ravil, pero mi mente ya avanzaba hacia mi pregunta más urgente.

—Sí. Estoy en el baño con la bañera llenándose. Ese es el ruido que oyes.

—¿Dónde está Maxim?

—No lo sé, salió por negocios. Pero tiene compañeros de piso. Todos viven juntos en el último piso de un edificio. Mamá...

—¿Qué ocurre, Sasha?

—Eh... —Preguntarle a tu madre si mató a un hombre es más difícil de lo que podrías pensar—. ¿Quién envenenó a Vladimir?

—Oh, probablemente Leonid —dice con desdén.

—Pero él no ha asumido la responsabilidad de la muerte. Ravil cree que eso es extraño. Dio a entender que la gente piensa que lo hiciste tú —suelto.

—E-eso es porque él probablemente dio la orden —dice mi madre, sonando nerviosa. La conozco lo suficientemente bien como para percibir el hilo de tensión en su voz.

Las alarmas se disparan, pero las ignoro.

No quiero creer que mi madre haría algo así.

—Ravil ha respaldado a Kuznets. Él es responsable de que tome el timón en ausencia de Vladimir.

Ese escalofrío que sentí en la piscina regresa.

—¿No lo ves, Sasha? Si Vladimir está muerto, él está un paso más cerca de tomar el control de los pozos petrolíferos. Por eso estoy escondida. Mientras no puedan encontrarme, tú estás a salvo. ¿Lo ves? Porque si tú mueres, tu dinero pasa a mí. Pero si ambas estamos muertas, Maxim y Ravil lo tienen todo. Toman el control del dinero y de la Bratva. Es exactamente lo que tu padre temía que nos pasara.

Sacudo la cabeza.

—C-creo que estás siendo paranoica, mamá —le digo, pero no puedo evitar el temblor en mis manos.

RENEE ROSE

—¿Te han preguntado por mí? ¿Te pidieron que averiguaras dónde estoy?

Respiro entrecortadamente.

—Preguntaron, pero les dije que no sabía. Lo cual es cierto. Así que... supongo que mejor no me digas nada. Para no tener nada que ocultar.

—No te lo diré. Pero ¿cómo estás, cariño? ¿Eres prisionera allí?

Pienso en lo que acabo de pasar para comprar el teléfono para llamarla. Exhalo de forma pausada.

—Es una jaula de oro, pero sí. Soy una prisionera.

—¿Te ha hecho daño?

—¿Maxim?

La culpa se filtra a través del frío. ¿Me equivoco al escuchar a mi madre? Maxim me cuida muy bien, en lo sexual y de otras maneras. ¿Cómo podría pensar siquiera que planeaba asesinarme? Además, ¿por qué necesitarían asesinarme cuando ya controlan mi dinero? Yo soy quien debería estar asesinando por aquí. Mi padre me trató como la princesa mimada que creó, sin confiar en mí para administrar mis propios fondos. Entregándoselos a Maxim para que me los reparta como él considere oportuno.

Es ridículo, realmente.

—No —le digo a mi madre—. Es bueno conmigo. Creo que te equivocas sobre ellos.

Oigo a Viktor decir algo en el fondo, pero no puedo distinguirlo.

—Tengo que irme ahora —dice mi madre—. Llámame otra vez la semana que viene. Estoy trabajando en un plan para verte.

—¿En serio? —No puedo decidir si eso me hace feliz o no—. Maxim dijo que podrías venir aquí, y que él te protegería.

—Estaría loca si confiara en él —responde mi madre—. No, no le digas que hablaste conmigo.

—Vale, no lo haré.

—Prométemelo. Podría costarme la vida.

Otra oleada de miedo me recorre.

—Te lo prometo.

—Te quiero, hija mía.

—Yo también te quiero, mamá. —Cuelgo conteniendo las ganas de echarme a llorar.

Mi madre está equivocada.

Está equivocada en todo.

Tiene que estarlo.

CAPÍTULO 17

$\mathcal{M}$axim
Hay tres cosas que adoro de mi nueva esposa.

Me encanta el sexo. *Da*, eso tenía que ser lo primero porque nada me conmueve como verla entregarse. Ver cómo los muros y las barreras entre nosotros se derrumban en un torrente de pasión ardiente y brutal.

También me encanta el espectáculo. Me encanta cuando se arregla y potencia al máximo su magnetismo femenino natural. No tiene miedo de hablar con nadie. Le encanta ser el alma de la fiesta. Es el tipo de persona que algunos podrían llamar "intensa", pero yo amo cada parte de ello. En la semana que lleva aquí, ya se ha ganado a mis compañeros de piso, incluso a Lucy, y las dos tienen muy poco en común, aparte de ser mujeres. Se ha ganado a los soldados del edificio, a los porteros y a los guardias. Se ha hecho amiga de los baristas de la cafetería de la esquina. Sabe cómo manejarse en cualquier ambiente.

Pero lo que más me gusta de todo es cuando me muestra

lo que realmente hay debajo de todo eso. Cuando se derrumbó por lo de la actuación. Cuando hablamos en serio sobre su padre. Es orgullosa como ella sola, así que supongo que si me muestra sus debilidades, significa algo.

Que es mía en algo más que cuerpo y apellido.

Todavía no es todo el tiempo. Es voluble. A veces, la encuentro reservada y esquiva, especialmente después de dejarla sola durante demasiado tiempo, pero con suerte, con el tiempo, aprenderá a confiar en que mi atención no se retirará como lo hizo la de su padre.

Esta noche da todo el espectáculo. Después de nuestra conversación de la semana pasada sobre el teatro, encontró una obra a la que asistir esta noche. Va arreglada con un precioso vestido azul de diseñador con la espalda descubierta, pareciendo mucho más una estrella de Hollywood que su habitual look de diva de discoteca. Todos los chicos silban cuando salimos de la suite del dormitorio, y ella sacude su pelo rojo como una modelo en una pasarela.

—¿Adónde vais vosotros dos? —pregunta Lucy desde su taburete en la barra del desayuno. Está comiendo perogis de carne y patata, su antojo constante durante el embarazo.

—Al Templo de Música y Arte de Chicago —responde Sasha—. Chicago Stage está representando *Cabaret*.

—Oh, eso estará bien —dice Lucy.

—Eso es un club de striptease, ¿verdad? —pregunta Nikolai con fingida inocencia.

Sasha le hace una peineta, y Dima se ríe.

—¿Vais a llevar el Lambo? —pregunta Pavel—. ¿O el Señor Dinero no te deja conducir?

—El coche fue mi regalo para ella, y es un placer dejar que conduzca —respondo con suavidad.

Sasha sonríe radiante.

—Me mimas demasiado.

Ella conduce hasta el teatro, y yo la dirijo hacia el aparcacoches. Cuando salimos, le doy un billete de cincuenta al tipo y le digo que cuide bien del coche. Él balbucea dándonos las gracias y haciéndonos promesas.

Sasha pone los ojos en blanco.

—Club de hombres.

—No. No es porque sea un hombre. —Le muestro el fajo de billetes de cincuenta que tengo en el bolsillo—. Es un truco que me enseñó Ravil; lo leyó en un artículo antiguo de la *revista Esquire*. Se llama El millonario de veinte dólares. La teoría era que no tenías que ser rico para conseguir respeto o que te traten como a un millonario, solo necesitabas untar las manos. Mostrar un billete de veinte dólares te conseguirá casi cualquier cosa. Pero con la inflación, supongo que ahora son billetes de cincuenta o cien.

—No creo que eso funcionara igual para una mujer.

—El dinero te consigue todo, *caxapok*, especialmente con la actitud adecuada. Y tú tienes mucho de ambos. No te hagas pequeña cuando podrías ser tan grande. —Saco un cheque en blanco que traje conmigo y se lo muestro.

—¿Qué es eso?

—Es para la compañía de teatro, por si quisieras llamar la atención con una donación. Hacer que recuerden tu nombre.

Se lo entrego y ella lo guarda en su bolso. No diría que soy un tipo de teatro. Sí, vale, esta es probablemente mi primera vez en la vida viendo una actuación en directo, pero lo disfruto. Disfruto aún más teniendo a Sasha de mi brazo haciendo que todos giren la cabeza. Disfruto de su absorción total en la actuación, los jadeos y las exclamaciones. Su ovación de pie cuando termina.

—Ese final —exclama—. Tan poderoso.

Nos quedamos atrás en el vestíbulo. Sé lo que yo haría para que las cosas sucedieran para Sasha, pero depende de ella.

—Voy a buscar al director —dice.

Sonrío.

—Esa es mi chica. Estaré junto a las puertas.

Me encuentra veinte minutos después, sus ojos ardiendo de gloria.

—Lo hice. —Resplandece—. Usé el cheque de donación para llamar su atención y luego le dije que soy una actriz que acaba de mudarse aquí desde Moscú. Me invitó a la clase de actuación de su pareja. Es los martes. ¿Y adivina qué?

—¿Qué?

—No te lo vas a creer. —Me agarra la muñeca y la aprieta, rebotando un poco sobre sus tacones—. ¡Van a hacer *Anna Karenina* el año que viene, y dijo que le encantaría que hiciera una audición para un papel!

Sonrío, tratando de ponerme al día.

—Quieren a una rusa para el papel.

—Bueno, no lo sé —dice rápidamente—. Pero al menos mi acento no me perjudicará. —Me agita una tarjeta de visita delante de la cara—. Y ahora tengo un contacto.

Le rodeo la cintura con el brazo y la atraigo contra mi cuerpo.

—Lo has conseguido. ¿Ves? No hay nada que no puedas hacer.

Me besa en una ráfaga de felices besos.

—*Gospodi*, ¡te amo!

Trago saliva cuando el impacto total de esas palabras me golpea directamente en el pecho.

Ella se echa hacia atrás con una expresión sobresaltada como si acabara de hacer algo malo.

—Yo también estoy bastante loco por ti —le digo antes de que pueda retractarse.

La vulnerabilidad se filtra en su expresión, pero ella la oculta.

—¿Sí? —Desliza sus manos arriba y abajo por mi pecho—. Pensaba que te habías casado conmigo por el dinero.

Me quedo quieto. ¿Es eso lo que piensa?

—No. Tu herencia es un dolor en mi trasero. Lo bueno de este matrimonio no es el dinero, dulzura. Eres tú.

Ella se acerca más, tirando de mi corbata, insinuando sus curvas contra mi cuerpo.

—Te refieres al sexo.

Entrecierro los ojos, repentinamente cauteloso. Siento que Sasha está interpretando algún papel ahora mismo. El que su madre le enseñó sobre cómo mantener a un hombre poderoso. No está siendo real conmigo. Y sentir que me están manipulando es un maldito detonante para mí, especialmente con ella.

—He dicho *tú* —insisto.

Ella capta la ofensa en mi tono y se retira ligeramente.

No, la he malinterpretado. Estoy siendo un imbécil. Está buscando confirmación de que siento lo mismo. Le sujeto la nuca y atraigo sus labios hacia los míos.

—Incluso las partes locas. Yo también te amo, Sasha. —Es incómodo decirlo, pero una vez que las palabras salen, no me arrepiento. Estoy tan vulnerable como mi esposa. Y eso es el amor. Revelar tu debilidad. Confiarle eso a la otra persona.

Ella me ha dado eso.

Es hora de que yo haga lo mismo.

—Te amo —repito las palabras, mirando directamente a sus ojos azules.

Un escalofrío la recorre.

—Solía fantasear con este momento —susurra.

Mis labios se curvan en una sonrisa.

—Te excluí de todas mis fantasías por temor a mi vida. Pero déjame decirte, dulzura, que lo estoy compensando ahora. Tengo como cien que te incluyen inclinada sobre ese nuevo coche tuyo.

—¿Ah, sí?

Meto la mano en el bolsillo para sacar el ticket del aparcacoches.

—¿Quieres dar una vuelta?

Su sonrisa es tan perversa como mi corazón. Me arrebata el ticket del aparcacoches de los dedos.

—Siempre, grandote.

Sasha

Maxim me dirige a uno de esos aparcamientos de varios pisos que sube y sube y sube. Lo tomamos hasta la azotea y aparcamos. No hay más coches aquí arriba. Bajamos, y camino hasta el muro para mirar la ciudad desde el borde.

—¡Me encanta esto! —exclamo.

Se siente como si la noche nos perteneciera. Es toda nuestra.

Maxim me ama. No puedo, no quiero, dejar que ese pensamiento deje de arrullarme como un cálido sueño color rosa chicle.

Parece demasiado bueno para ser verdad.

Como si en cualquier momento, la policía de las relaciones fuera a aparecer y arrestarme por suplantar a una esposa de verdad.

Es decir, tuvo que casarse conmigo. Ni siquiera me deseaba. ¿Cómo le he engañado para que se enamore?

¿Cómo me ha engañado él a mí?

¿Quién está engañando a quién?

¿O es esto realmente real? Se siente real, pero tengo tanto miedo de confiar en ello. Todo parece demasiado fácil. Demasiado perfecto. Las cosas mejoran para mi carrera como actriz. Vivir en Estados Unidos otra vez, a un corto vuelo de mis amigos. Hacer nuevos amigos con los compañeros de piso de Maxim.

Sintiéndome salvaje y celebrativa, y quizás con mi exhibicionismo saliendo a jugar, abro la cremallera de mi vestido y me lo quito por la cabeza.

En lugar de acercarse a mí, Maxim da un paso atrás y se mete las manos en los bolsillos, recorriéndome con la mirada de arriba abajo.

—¿Cómo era que te gustaba castigarme? —ronroneo, desabrochándome el sujetador—. ¿Solo con mis tacones?

Finge estar tranquilo, pero veo su erección abultando sus pantalones.

—Ay, joder, dulzura. —Camina lentamente hacia mí—. Esa provocación va a hacer que te dé unos azotes.

—Mmm. Cuento con ello.

Retrocedo hacia el Lambo, abriendo la puerta para lanzar mi vestido y sujetador dentro. Él me sigue, manteniendo la distancia y su postura relajada.

Me pongo frente a él, sosteniendo su mirada mientras me deslizo lentamente el tanga por los muslos y lo saco.

Maxim hace un gesto para que me acerque, dando un paso más cerca.

—Me los quedaré yo. —Se los entrego y él se los guarda en el bolsillo.

—Manos en el capó. Separa las piernas.

Escalofríos de emoción me recorren mientras adopto la posición, presionando ambas palmas contra el metal frío y adoptando una postura amplia con mis tacones altos. Es una noche cálida, así que no tengo frío por estar desnuda aquí fuera. O quizás es el calor que se acumula entre mis piernas. El riesgo de que alguien nos pille aquí arriba, completamente desnuda, hace que esto sea cien veces más excitante que si estuviéramos en un lugar privado.

Maxim me agarra los pechos desde atrás, apretando ambos pezones.

—Mi esposa salvaje.

Echo el pelo hacia atrás cuando lo miro por encima del hombro. Su mano me golpea el trasero con fuerza. Grito y luego me río. Los temblores recorren mis piernas.

—¿Ay? —murmuro.

Me golpea en la otra mejilla, con la misma fuerza.

—Lo sé, *caxapok*. Pero te ves tan bonita con las marcas de mis manos en tu culo.

Más escalofríos recorren mis muslos internos, elevando mis arcos y enroscando los dedos de mis pies.

—Sé una buena chica y quédate quieta. —Lo hago porque me encanta. Me azota con una ráfaga de golpes cortos y rápidos, calentando mi trasero con su palma hasta que empiezo a moverme sobre mis pies—. Eso es. —Frota para aliviar el escozor.

—¿Por qué lo haces? —pregunto. No sé por qué. Creo que una parte de mí todavía quiere saber si me ha perdonado por el pasado.

—Por hacer que me enamore, *lyubimaya*.

Gimo porque me desarma aún más cada vez que lo dice. Destruye mis defensas. Me deja cada vez más vulnerable ante este hombre.

¿Sabría mi padre que me sentiría así? ¿Que podríamos ser felices juntos? ¿Enamorados?

Incluso la más mínima creencia de que lo hiciera se siente como una redención. No sabía que quería ser redimida. Ciertamente no por él. Pero la sensación es maravillosa. No me despreciaba. ¿Y si realmente quería lo mejor para mí?

—Por favor —ruego.

Los dedos de Maxim se deslizan entre mis piernas, y casi me corro solo con ese contacto.

—¿Ya estás suplicando, dulzura? ¿Necesitas mi polla?

—Sí.

—¿Quieres que te folle sobre tu coche nuevo? ¿Necesitas que te muestre quién está realmente al volante aquí?

Me río porque sabía que debía molestar al extremo macho alfa que hay en él dejarme conducir, y sin embargo lo hizo de todos modos.

—Sí. Demuéstramelo.

—Te lo demostraré. —Oigo el rasgado del envoltorio de un condón, y luego la cabeza de su polla se frota sobre mis pliegues húmedos.

Empujo hacia atrás, ansiosa por recibirlo. Después de una semana de sexo sin parar, estoy adicta a la sensación de tenerlo dentro de mí. A correrme cuando estoy completamente abierta y adolorida por sus embestidas. Rendida a su control.

Es un amante dominante. Habla sucio y me pone en posiciones degradantes, pero siempre se asegura de que yo me corra al menos el doble de veces que él. Cuida de mí.

Me da una palmada suave en el culo mientras empuja hacia dentro.

—Joder —gime—. Pareces una modelo de *Penthouse* ahora mismo, cariño. Eres como el sueño de cualquier hombre. Un coche alucinante y una mujer aún más impresionante.

Estira el brazo para acariciar mi clítoris, entrando y saliendo de mí lentamente.

—¿Qué parte te gusta más, dulzura? ¿Los azotes o saber que podrían pillarnos?

—Que nos pillen —jadeo, mis músculos internos apretando su polla. Aunque también me encantan los azotes—. ¿Y a ti?

—¿A mí? —Me agarra del pelo y tira de mi cabeza hacia atrás—. A mí simplemente me gusta estar al mando.

Me contraigo a su alrededor otra vez.

—Me gusta cuando te ofreces a mí como una preciosa muñequita para follar. —Me pellizca uno de los pezones y luego empuja mi torso hacia abajo—. Tetas sobre el capó, preciosa.

El coche está reluciente de limpio, pero aunque no lo estuviera, haría lo que me dice. Maxim convierte el complacerle en un juego que me gusta jugar.

Me sujeta con su mano en el centro de mi espalda y comienza a embestir con más fuerza. Cuando empuja demasiado fuerte y mi pelvis golpea contra el coche, doy un grito y al instante se ajusta, envolviendo mi pelvis con su antebrazo para amortiguar el contacto.

Y entonces se desata.

Embiste cada vez más fuerte, haciéndome perder el aliento, perder la cabeza.

La presión de querer terminar antes de que nos pillen aumenta mi necesidad, y sin embargo se siente tan bien que tampoco quiero que acabe.

—Voy a follarte contra la ventana en casa. En la azotea. Voy a meterte los dedos en ese teatro la próxima vez que vayamos.

—*Gospodi* —gimo—. Me voy a correr.

—No hasta que yo lo diga. —Hay una severa advertencia en su voz.

No había jugado a este juego conmigo antes, y se me cruzan los ojos intentando contener la marea que está a punto de desatarse.

—Sé una buena chica y espera el permiso.

—Estás... loco —jadeo.

Me agarra del pelo, tirando de mi cabeza hacia atrás al mismo tiempo que empuja mi torso hacia abajo, haciéndome arquear para él. Haciéndome daño ligeramente de esa maravillosa y dominante manera suya.

—Loco por *ti*.

Se corre, y yo grito, corriéndome también, incapaz de aguantar más. Maxim se ríe oscuramente, dejando caer su torso sobre el mío, su polla aún dentro de mí, su cuerpo moldeado al mío desde atrás.

—Serás castigada por eso, *lyubimaya*.

Cierro los ojos, mis músculos internos pulsando de nuevo alrededor de su polla en una réplica.

—No pude evitarlo.

Me besa el cuello.

—Yo tampoco.

CAPÍTULO 18

S asha
    Salgo de mi clase de actuación con un grupo de actores, todavía hablando sobre el ejercicio de Stanislavski que hicimos. Es la tercera semana que asisto y ya siento que pertenezco aquí. Tengo amigos. Me encantan los ejercicios. Estoy conociendo todos los entresijos de la escena de Chicago.

Maxim encontró a una coach de dicción de Hollywood para ayudarme con mi acento en sesiones virtuales, y si me concentro, apenas se nota que no soy estadounidense. Al menos, eso es lo que dicen mis nuevos amigos.

—Oye Sasha, ¿quieres venir a tomar un café con nosotros? —me pregunta una de las mujeres mayores.

Dudo.

Al principio, Maxim no quería dejarme venir sola a esta clase, pero monté un numerito. Tener a un marido posesivo y protector sentado durante la clase haría que todos pensaran que estoy loca. Después de una discusión, acabó trayéndome y recogiéndome en la primera clase, pero la semana pasada decidió que podía empezar a salir del Kremlin por mi cuenta porque el nuevo programa de minería de datos de Dima ya está funcionando, y las cosas se están calmando en Moscú.

Por fin tuve la oportunidad de conseguir un móvil desechable y llamar a mi madre, que seguía sin querer decirme dónde estaba. Me sentí un poco culpable por romper mi promesa de ir solo directamente a clase y a casa, y por ocultarle el teléfono y la conversación, pero mi madre seguía llena de sospechas sobre las intenciones de Maxim, lo que me hizo sentir recelosa.

¿Sigo en peligro? ¿O el único peligro real viene de él? No me lo creo realmente, pero tampoco quiero ser ingenua. Leí todos los libros de Agatha Christie cuando era niña. Sé que grandes sumas de dinero hacen que la gente no sea de fiar.

—Esta vez no —digo.

No es solo por mi promesa a Maxim. Es que el chef iba a preparar una cena especial, e íbamos a comer todos juntos esta noche. Y por mucho que quiera hacer nuevos amigos, especialmente actores, prefiero conocer y pasar tiempo con mi nueva familia.

Camino hacia el aparcamiento junto al lugar donde se imparte mi clase. No hay aparcacoches cerca, desafortunadamente. Dejar el Lamborghini en un parking sin vigilancia me ponía nerviosa, y me siento muy aliviada al ver que sigue ahí.

Abro la puerta y me deslizo dentro, tirando mi bolso en el asiento de al lado. Cuando la puerta se vuelve a abrir, doy un grito de sorpresa.

—Sal, el coche va a explotar —dice en ruso cortante.

—¿Mamá?

—Sal, ahora. —Mi madre me saca a rastras del coche y me arrastra, agachándonos, corriendo entre las filas de coches aparcados.

Una explosión me empuja hacia delante. Creo que grito.

Aunque me dijo que iba a explotar, no me lo creo. Me giro para mirar el humo y las llamas.

Mi madre tira de mí hasta que llegamos a un callejón, y entonces me mete en él.

—¡Mamá! ¿Qué está pasando?

No responde, solo sigue tirando de mí, por el callejón, por una calle lateral, volviendo hasta que estamos al otro lado de la calle, mientras las sirenas de policía y bomberos aúllan al dirigirse a toda prisa hacia el lugar.

Entramos en el hotel al otro lado de la calle y vamos directamente hacia los ascensores.

Las lágrimas me caen por la cara.

—¿Qué está pasando? ¿Quién ha hecho eso?

—Todo está bien, cariño. —Mi madre se gira para mirarme en el ascensor y me toma ambas manos. Para mi sorpresa, parece feliz. Casi eufórica—. ¡Lo hicimos nosotros!

—¿Q-qué?

Mi madre asiente, radiante.

—Viktor colocó la bomba. ¡Ahora eres libre!

Debe ser la reverberación de la bomba porque un zumbido en mis oídos de repente me deja sorda. En una burbuja de confusión y shock, no oigo el timbre del ascensor ni me doy cuenta de que las puertas se abren, pero mi madre me arrastra fuera y dentro de una habitación de hotel. Alexei está sentado en una de las camas dobles viendo la televisión. Viktor está junto a la cortina observando el caos de abajo. Me hace un breve gesto con la cabeza.

Corro hacia la ventana para mirar mi precioso coche, mi hermoso bebé que Maxim me compró porque me vería sexy en él, pero ha desaparecido por completo. Viktor me agarra del brazo y me aparta bruscamente, sacudiéndome el hombro y dándome un latigazo cervical.

—¿*Kakogo cherta*? —espeto en ruso. *¿Qué demonios?*

—Mantenla alejada de la ventana —le ordena a mi madre, como si ni siquiera mereciera que me explicaran las cosas.

Sus palabras suenan lejanas, filtradas a través del eco en mis oídos.

Miro la marca de su mano en mi brazo con shock.

—¿Qué has hecho? —le pregunto a mi madre.

Ella me toma la cara entre sus manos.

—Te he matado. Ahora estás muerta. Estás libre de Maxim y Ravil y sus planes para tu dinero. Ahora todo me pertenece a mí... ¡a nosotras!

—¿Nosotras? —pregunto.

Se me cae el alma a los pies. Mi cuerpo se vuelve frío como el hielo. Creo que siempre supe que mi madre tenía problemas con el dinero. Le encantaba el dinero, pero tenía terror a perderlo. Por eso aguantaba a mi padre, para mantenerse en el lujo. Y entonces sus peores miedos se manifestaron cuando él dejó a Vladimir al control de sus finanzas. Sabía que tenía estos miedos, pero ahora de repente la veo bajo una nueva perspectiva. Como cuando la malvada bruja de un cuento de hadas, la que era hermosa y decía todas las cosas correctas, de repente se revela como una vieja y fea arpía.

—¿T-tú mataste a Vladimir? —pregunto.

Ella se da la vuelta cuando responde:

—No seas ridícula. —Y sé al instante que es una mentira. Lo hizo. Quizás no personalmente, pero formó parte de ello. Mi madre y estos dos hombres, Viktor y Alexei, fueron de alguna manera responsables.

Quiero llorar, pero no me salen las lágrimas. Estoy demasiado en shock.

—No tenías que hacer esto. Maxim te habría cuidado —digo débilmente. Creo que es cierto. Ella sembró todas esas dudas... ella es la que ha estado conspirando.

Mi madre se gira bruscamente, con la ira desfigurando su bonita cara.

—¿Lo habría hecho? Lo dudo. Este es un hombre que intentó violarte cuando tenías diecisiete años.

Niego con la cabeza, sintiendo náuseas en el estómago. Soy tan mala como mi madre. Cortada por el mismo patrón. Tomando medidas estúpidas y desesperadas para demostrar que no soy tan impotente como me siento.

—No lo hizo. Mentí sobre eso. Me ofrecí a él y me rechazó. —Se siente horrible decirlo en voz alta.

Apenas logro pronunciar las palabras, pero hacen que todas las cabezas de la habitación se giren. Alexei bajando el volumen de la televisión mientras me mira.

—Qué zorra —murmura, negando con la cabeza y apartando la mirada.

—Me preguntaba por qué Igor la casó con él —resopla Viktor—. Debió saberlo.

—Bueno, Maxim no conseguirá su premio de consolación después de todo —dice Alexei.

—Qué pena para él. —Viktor mira hacia la escena de abajo—. Ahí está ahora.

Corro hacia la ventana. Viktor extiende un brazo para evitar que me acerque demasiado, pero veo la escena que se desarrolla abajo.

El Conquest Knight de Maxim está aparcado torcido al final de la barricada policial. Ravil y Oleg todavía están bajando, pero Maxim corre por la acera con un policía persiguiéndole. Cuando llega a la escena y ve los restos, lo que queda de mi coche y los dos coches aparcados cerca del mío, solo parcialmente extinguidos por los bomberos presentes, cae de rodillas.

Sus puños golpean el aire, su cabeza se echa hacia atrás. Veo su boca abierta en un aullido de rabia y, en ese momento, juro que siento su dolor como si fuera mío.

Como si acabara de perder a mi único y verdadero amor.

A él.

No lo pienso, simplemente actúo.

—Voy a bajar.

A la mierda todo esto. A la mierda mi madre y su estúpido plan para liberarme de Maxim. No quiero ser libre. Quiero que él se haga cargo de mí, de mi vida y de mi dinero. Quiero que me cuide, que me proteja. Que sea insanamente posesivo conmigo.

Es mi hombre. Siempre ha sido el único.

Viktor me agarra del pelo y me tira hacia atrás. Tengo que caminar rápidamente hacia atrás para evitar caerme de culo y perder un buen mechón de pelo en el proceso.

—Ahora estás muerta —gruñe—. Debes seguir muerta. ¿Qué crees que Ravil y su célula le harán a tu dulce madre si descubren lo que ella planeó?

¿Lo que *ella* planeó?

Mi corazón retumba en mi pecho.

—¡Viktor! —espeta mi madre.

La miro con incredulidad. ¿*Esto* es lo que nos ha provocado? ¿Pensaba que preferiría ser propiedad de Viktor antes que de Maxim?

Básicamente nos ha vendido a ambas a los matones de más baja estofa de Igor. ¿Cuánto tiempo cree que nos dejarán vivir antes de quedarse con todo el dinero? ¿Piensa que puede mantener a Viktor entretenido con las piernas abiertas para siempre?

Lo dudo mucho.

No sé si me satisface o me desconcierta ver su destello de miedo ante la forma en que Viktor me está maltratando. El color desaparece de su rostro.

Estamos completamente jodidas.

Pero entonces se recupera.

—¡Suéltala! ¡Está bien! Puedo controlarla yo, no hace falta que tú lo hagas —le calma.

Viktor me tira del pelo con más fuerza.

—*Vas a seguir muerta. ¿Lo entiendes?*

—Sí —jadeo—. Seguiré muerta —digo.

Aún así no me suelta.

Mi madre se yergue.

—*Viktor.*

—¡Seguiré muerta! —repito.

Me suelta y me empuja lejos de él. Mi madre me sujeta y, aunque su rostro es una máscara de calma, noto el temblor en sus manos.

Las lágrimas me queman los ojos y la garganta. Sin querer acobardarme ni esconderme, vuelvo a la ventana con la mirada fija en Maxim. Ravil y Oleg le levantan y le sostienen mientras un círculo de policías les rodea.

Maxim. Gospodi, me muero por él. Si estuviera en su lugar pensando que él había volado por los aires, mi corazón estaría hecho pedazos.

Y en medio de toda esa oscuridad, se cuela un pequeño rayo de luz.

Sí que le *importaba*.

Mi madre estaba equivocada respecto a él.

Estaba ahí abajo de rodillas por haberme perdido.

Si de alguna manera pudiera salir de aquí y llegar hasta él, podría acabar con ese dolor.

Pero, ¿y si Viktor tiene razón? ¿Y si Ravil toma represalias contra mi madre por tramar quitarles el dinero? Pero yo podría suplicar por su vida. Podría hacerles entender. Si volviera, seguirían teniendo el dinero.

Pero mi estómago se revuelve ante todas las incertidumbres. ¿Sería bienvenida después de que mi madre orquestara este golpe y aparentemente también el de Moscú contra Vladimir? ¿Tendrían que matarla ahora para saldar cuentas en ambos continentes?

Me arden los ojos, pero parpadeo para contener las lágrimas. Soy actriz, y nunca ha sido más importante que oculte mis emociones.

Mi madre se recompone y viene hacia mí, sujetándome los brazos y sonriéndome como si no acabara de ser agredida por su novio.

—Este es el acuerdo perfecto, Sasha. Ya lo verás. En cuanto tenga control del dinero, podremos vivir el resto de nuestras vidas en una playa de las Islas Canarias. Todo ese dinero, nuestro.

Sigue soñando, mamá. Temo que ahora solo se está mintiendo a sí misma. Debe darse cuenta de lo tenue que es su control sobre Viktor. Lo peligroso que puede resultar. Lo jodidas que estamos. Pero ha puesto este plan en marcha, y no hay vuelta atrás.

Para ninguna de las dos.

—Nunca más tendrás que responder ante ese hombre que te odia —promete.

Ese hombre que te odia.

Sí, creía que Maxim me odiaba. El día que murió mi padre estaba segura de ello. Pero ya no. Había dejado su rencor incluso antes de que le diera mi virginidad. Me había dejado comportarme como una caprichosa, volando a Los Ángeles y haciendo que me persiguiera, y ni siquiera se había enfadado. Su castigo había sido delicioso. Me había traído un anillo de boda y se había portado bien con mis amigas.

Me compró un coche.

Me ayudó a encontrar mi camino en el mundo del teatro.

Me llevó a salir y compartió sus amigos conmigo.

Todo lo que yo había hecho fue complicarle la vida y dejar que me doblara sobre el capó de mi coche para tener sexo ardiente.

Si salgo viva de esto, seré la esposa más agradecida que un hombre podría tener jamás.

Pero es un gran *si*.

Y no voy a usar las habilidades que mi madre me enseñó con otro hombre. Le debo eso a Maxim. Si logro salir de esta, no será usando mi feminidad como un arma.

Tendrá que ser con mi cerebro.

Maxim

Apenas puedo ver, apenas puedo pensar con los golpes detrás de mis ojos. Siento como si el centro de mi cabeza fuera a abrirse.

Mi pecho ya lo ha hecho. Dejé mis órganos, mi puto corazón, en esa acera frente al aparcamiento.

—Quién la mató —rujo de vuelta en el ático.

Dima trabaja como un maníaco, con la cabeza agachada y los dedos volando sobre las teclas. Estoy a un paso de separar su cabeza de sus hombros por esto. Su maldito programa debía mantenerla a salvo. Alertarnos de cualquiera que entrara al país.

—Estoy analizando a todos los que entraron antes de que el programa estuviera en funcionamiento —dice Dima rápidamente, con los hombros encogidos. Nikolai está de pie detrás de él mirando también la pantalla. Posiblemente para proteger a su gemelo de mí cuando pierda los estribos.

—Ahí. —Nikolai señala la pantalla—. ¿Qué hay de ese? Un hombre que entró a San Francisco desde Moscú hace dos semanas.

Dima se encoge de hombros y teclea en el teclado, con los dedos volando aún más rápido.

—¿Puedes conseguir copias de los pasaportes de los pasajeros?

—Tendría que hackear una base de datos. Eso llevará tiempo.

—*¡Quiero un nombre ahora!* —bramo.

Sasha será vengada. Se derramará sangre. Esta noche mismo, si se hace a mi manera.

—Hackea por el lado ruso —aconseja Nikolai en voz baja—. ¿No has entrado ahí antes?

Dima asiente con la cabeza y teclea un poco más. Diez minutos después, Nikolai grita:

—¡Ahí! Le conozco.

—¿Quién es? —exijo.

—Alexei Preobrazhensky —lee Dima—. Vivía en Moscú. En el mismo edificio que Galina y Sasha. ¿Debió de ser un guardia?

Me acerco pisando fuerte para mirar la foto.

—Hijo de puta. Ahora es hombre muerto.

—Es un don nadie —dice Ravil—. Esta no es su operación. Quien tenga a Galina debe de haberle enviado para hacer el trabajo sucio.

Miro fijamente a Dima.

—*Encuéntrale.*

Dima lanza una mirada indefensa y estresada a Ravil, pero luego vuelve a centrarse en su pantalla.

—Comprobando vuelos nacionales a Chicago bajo la identidad falsa.

Camino de un lado a otro por el salón.

—Guarda eso aquí dentro —ordena Ravil.

Oigo sus palabras, pero no estoy escuchando.

—*Maxim.*

Miro hacia él.

—He dicho que guardes eso. —Levanta la barbilla en dirección a mi mano.

Miro hacia abajo y descubro que tengo la pistola en la palma. El seguro está quitado.

Joder. Vuelvo a poner el seguro y me meto el arma en la cintura.

—Dame algo, Dima. Si no le meto una bala entre los ojos a este tipo esta noche, me voy a volver loco.

Oleg se acerca a mí pisando fuerte. Me saca al menos una cabeza, sus hombros son una vez y media más anchos que los míos.

—¿Qué? —espeto.

Deja caer su enorme mano de jamón sobre mi hombro y luego baja la cabeza.

Si fuera cualquier otra persona, probablemente le golpearía, pero Oleg rara vez intenta comunicarse, así que me obligo a recibir sus condolencias.

Pero es un error. De repente no puedo respirar, el dolor desgarra mi garganta, haciendo que mis ojos ardan. Jadeo y dejo caer las manos sobre mis muslos, intentando tomar aliento.

Joder. Sasha está muerta.

Mi bella, inteligente, divertida, vivaz e increíble esposa está muerta.

Nunca más iluminará esta habitación con un comentario ingenioso. Nunca volverá a sacudir esa melena roja suya. Nunca podré verla actuar.

¡Nunca la vi actuar!

Lo intento una y otra vez, pero sigo sin poder respirar. Mi corazón late con fuerza, mi garganta está cerrada como un puño.

Quiero morir.

Sí.

Vivir sin ella no merece la pena.

Así que dejo de resistirme. Dejo de intentar respirar y caigo sobre una rodilla. Mi cabeza golpea la mesa de café al caer. La oscuridad que sigue es un alivio.

CAPÍTULO 19

S asha

—Tengo hambre. ¿Vosotros tenéis hambre? ¿Deberíamos pedir algo al servicio de habitaciones? —Decido que la mejor estrategia es fingir ante mi madre que estoy de acuerdo y que todo es perfecto. Hasta que averigüe cuáles son mis opciones y qué puedo hacer.

Todavía deseo desesperadamente llegar hasta Maxim, para aliviar su dolor. Quiero creer que me aceptará de vuelta y que de alguna manera salvará a mi madre de su locura.

Pero sospecho que incluso si Maxim me aceptara de nuevo, la vida de mi madre estaría perdida. Y por mucho que la odie por este terrible plan, no es suficiente para desear su muerte.

Ahora mismo soy la definición perfecta de estar entre la espada y la pared.

—Alexei traerá comida para llevar —dice Viktor—. ¿Verdad, Alexei?

—Genial. —Mandar a Alexei fuera me parece una idea estúpida considerando que la policía sigue ahí fuera, pero no discuto. Estoy fingiendo ser complaciente. Y realmente tengo hambre.

—Mamá, ¿tienes una lima de uñas? —Intento sonar casual. No tengo teléfono, pero quizás podría conseguir el de mi madre. Solo para hacerle saber a Maxim que estoy viva. Que le quiero. Que este no fue mi plan.

Por supuesto, ¡ni siquiera conozco el número del hombre! Estaba programado en mi teléfono, que ardió en llamas en el coche, junto con el teléfono desechable y todo lo demás en mi bolso.

Mi madre saca su bolso de uno de los cajones de la cómoda y me entrega una lima de uñas. Finjo limarme las uñas mientras examino el contenido del bolso. No veo un teléfono, pero eso no significa que no esté ahí.

—No tengo cepillo de dientes —comento.

—Podemos comprar todas esas cosas —dice mi madre—. Alexei conseguirá uno cuando salga. Y mañana partiremos hacia Rusia.

Rusia. Eso hace que mi estómago se retuerza en un nudo aún más apretado.

Más lejos de Maxim. De mi corazón.

—¿Tienes un pasaporte para mí?

—*Da*. Lo tenemos todo —dice mi madre—. Una vez que estemos en Rusia, contrataré a un abogado para recuperar nuestro dinero. Entonces seremos libres para siempre, Sasha. Tú y yo.

Tú, yo y dos tipos en los que no confío ni un ápice, que probablemente nos eliminarán a ambas cuando tengamos el dinero.

Aunque Viktor parece preocuparse por mi madre.

Alexei apaga la televisión y se levanta.

—Muy bien. Iré a por la comida. —Sale por la puerta sin preguntar lo que quiere cada uno.

Imbécil.

Además, obviamente. Claro que es un imbécil. Un

imbécil que probablemente no dudaría en meterme una bala en la cabeza si no finjo que estoy totalmente de acuerdo.

Al principio, pensé lo peor. Que tendría suerte si lograba salir de esta habitación de hotel. Pero cuanto más lo pienso, más me doy cuenta de que eso podría no ser cierto. Tengo que recordar que *no* me mataron ahí abajo. Y podrían haberlo hecho. Así que mi madre está dirigiendo esto. Tiene influencia sobre Viktor y Alexei, o de lo contrario, ya estaría muerta.

Recuerdo cómo Viktor la miraba en mi apartamento después de que mi padre muriera. Definitivamente sentía algo por ella. Así que, aunque podría estar dispuesto a matarme, no creo que realmente lo planee a menos que le obligue.

O al menos no hasta que tenga el dinero de mi madre. Este loco plan no funciona sin ella. Quizás realmente esté soñando con vivir el resto de su vida en las Islas Canarias con mi madre a su lado.

Alexei regresa con recipientes de poliestireno de comida italiana: raviolis y linguini. Me siento con las piernas cruzadas en una de las camas y picoteo mi recipiente de fideos. Mi madre viene y se sienta a mi lado, hombro con hombro, como si estuviéramos en algún tipo de vacaciones familiares.

Como si alguna vez nos hubiéramos alojado en un hotel tan cutre en el pasado.

—Mamá —murmuro—. Deberías haberme contado tu plan.

—Era más seguro así, cariño —dice ella.

Más seguro.

Gospodi. No quiero estar a salvo. Quiero estar con Maxim. Y ahora ella lo ha arruinado.

Aunque estoy muerta de hambre, la comida parece asentarse como una piedra en mi estómago. Después de unos bocados solo revuelvo el contenido.

Estoy a punto de levantarme y tirar el resto cuando la puerta se abre de golpe.

～

Maxim

—Son míos —gruño antes de que Pavel deslice la llave que robamos del servicio de limpieza por la ranura de la puerta.

Nunca he tenido tantas ganas de derramar sangre. Me arrebataron lo único que he tenido que valiera la pena conservar. Lo único precioso para mí.

Ni siquiera sé cómo llorar su pérdida. Solo quiero borrar del planeta a todos los que tuvieron algo que ver con su muerte.

Atornillé un silenciador en mi pistola. En el momento en que pateo la puerta para abrirla, encuentro una cabeza a la que apuntar y disparo. Alexei muerto. Viktor muerto.

—*Espera.* —Ravil agarra mi muñeca y desvía mi brazo hacia el techo cuando me giro para apuntar y disparar al siguiente cabrón de mi lista—. Maxim.

Mi cerebro tartamudea en estado de shock.

Allí, en la cama, está sentada mi hermosa esposa. Muy viva. Sentada junto a su madre, comiendo pasta de un recipiente como si no me acabaran de arrancar el puto corazón.

Joder.

Mierda.

Joder, joder, joder, joder.

No.

Esto no puede ser.

Sacudo la cabeza lentamente de lado a lado con incredulidad.

Ella... ¿me *engañó?*

¿Otra vez?

Me engañó, joder.

Mintió y me traicionó de nuevo.

Esto... esto duele incluso más que su muerte.

Mucho peor. Porque si estuviera muerta, al menos habría tenido su recuerdo para nutrir. Para sostener y recordar y atesorar hasta el día de mi muerte.

¿Pero esto?

De esto definitivamente no me recuperaré. No con ningún rastro de humanidad o confianza que me quede. Antes pensaba que las mujeres no eran dignas de confianza, pero nunca podré tocar a una mujer otra vez sin saborear las cenizas de la traición en mi boca.

—Maxim —balbucea, bajando lentamente el recipiente de pasta.

—No me hables —ordeno, y luego me doy la vuelta y salgo, dejando a Ravil para que haga mi trabajo como solucionador y limpie el maldito desastre que dejé atrás.

CAPÍTULO 20

S asha

El impacto me paralizó cuando Maxim entró. Verlo tan letal, abatiendo a Viktor y Alexei con precisión militar, una bala justo entre los ojos, me dejó atónita.

Y me destroza el corazón porque lo está haciendo por mí, vengando mi supuesta muerte.

Quiero correr hacia él y lanzarme a sus brazos... hasta que Ravil le impide apuntarme con la pistola, y veo la traición en su rostro. El color desaparece de su cara. Sus ojos se vuelven inexpresivos. Sacude la cabeza, su mirada sobre mí es asesina.

Es entonces cuando mi corazón deja de latir por completo.

No físicamente, sino emocionalmente.

El hombre que amo, el único hombre que he amado jamás, el único hombre que me ha amado ahora me odia.

Cree que le engañé. Los pedazos de nuestra existencia revolotean a mi alrededor, formando un patrón terrible y horrible.

Su madre, mintiéndole sobre volver.

Yo, contando mentiras sobre él para conseguir que lo desterraran.

Y ahora esto, lo que debe parecerle la mayor traición de todas.

Debe creer que todo fue falso. Todo una mentira. Que seguí el juego hasta que tuve la oportunidad de arrebatarle mi fortuna. Dejándolo con el corazón roto y solo.

Y yo tomando Mai Tais en una playa de España con mi madre.

Ni mi madre ni yo emitimos un sonido durante el tiroteo. Ni gritos. Ni movimiento. Es como si fuéramos esos animales de presa cuya única protección es quedarse perfectamente quietos.

—Maxim. —Por fin logro hacer funcionar mi voz, forzando mis labios a moverse.

—No me hables. —Se da la vuelta y abandona la habitación del hotel, llevándose mi vida, mi futuro, todo lo que siempre quise y más, con él.

Ravil, Pavel y dos soldados que no conozco se amontonan en la habitación.

Me toma unos segundos darme cuenta de que Ravil aún tiene su arma fuera, y nos está evaluando a mi madre y a mí. Recuerdo que mi madre orquestó la muerte de Vladimir, y Ravil debe saberlo.

—Ravil —digo con voz ronca—. Fueron ellos. —Señalo a los hombres muertos en el suelo. Hombres por los que no puedo sentir ni una pizca de tristeza. No creo que a mi madre le importe mucho tampoco—. Mi madre y yo somos las víctimas aquí. —Ahora me he convertido en la mentirosa que Maxim cree que soy.

—*Hvatit vrat!* —ladra Ravil—. *Basta de mentiras.*

Abandono la farsa y hago lo único que se me ocurre para salvar su vida, suplico.

—Por favor, no la mates... no nos mates... *por favor.*

Ravil parece tomar una decisión. Guarda su pistola en la cintura de sus pantalones.

—Es Maxim quien debe decidir.

El aire abandona mis pulmones. Maxim decidirá nuestro destino. Si vivimos o morimos. Honestamente no puedo decidir si eso es bueno o malo.

¿Me odia lo suficiente como para condenarnos a muerte?

Ravil da órdenes a los soldados que lo acompañan, y comienzan a moverse, acomodando los cuerpos.

—Vosotras dos, coged vuestras cosas —nos indica.

Nos levantamos apresuradamente de la cama. Mi madre agarra su bolso y cierra una pequeña maleta.

El *pakhan* le dice a Pavel:

—Sácalas de aquí y llévalas a un hotel diferente. Vigílalas hasta que te contacte.

Pavel asiente sin decir palabra. No me mira cuando pasa a mi lado.

—Vamos.

Abandonamos la destartalada habitación del hotel, y Pavel nos conduce por la escalera y sale por una puerta trasera al callejón detrás del hotel.

—No lo sabía, Pavel. —Intento explicarle mientras seguimos sus largas zancadas—. Este no era mi plan.

—Ahórratelo. —Adopta un tono frío e indiferente.

Mi corazón golpea dolorosamente contra mi esternón.

—Me subí a mi coche y mi madre me sacó, y luego explotó. Fue la primera noticia que tuve de esto.

—Me importa una mierda tu historia, Sasha. Ahórrate el aliento.

Lágrimas calientes me queman detrás de los ojos.

—Necesito hablar con Maxim.

Eso parece irritarle. Se detiene y se da la vuelta.

—No, no lo necesitas —espeta—. No necesitas hablar con él nunca más.

Mis lágrimas comienzan a caer sin control.

—No te mereces ni una puta lágrima de las que derramó por ti.

Mi corazón se aprieta tanto que deja de latir por un momento. ¿Maxim lloró por mí?

Pavel abre la puerta de un SUV Mercedes blanco, y mi madre y yo subimos a la parte trasera.

—Este no era mi plan —repito con voz quebrada mientras arranca el coche.

—Cierra la boca, Sasha —dice Pavel—. O... —Se interrumpe y sacude la cabeza.

Probablemente dejó la amenaza sin terminar como táctica de miedo, pero la parte más tonta de mí quiere creer que es porque Maxim me ama. Y Pavel no puede amenazarme por si arreglamos las cosas.

Me aferro a esa esperanza durante el trayecto.

Mi madre no dice nada. Su rostro está contraído y tenso, y aprieta mi mano con fuerza, pero no dice ni una palabra.

Probablemente sabe en cuánto peligro están nuestras vidas.

Pavel nos lleva a otro hotel sórdido, y lo seguimos adentro. Después de reservar una habitación con dos camas dobles, nos deja entrar y se sienta en la silla.

Cuando saca su pistola y la apoya en su rodilla, renuncio a cualquier conversación.

De hecho, renuncio a intentar entender cualquier parte de esto. Retiro las sábanas de una de las camas, me meto dentro y cierro los ojos con fuerza.

Si tan solo pudiera quedarme dormida y olvidarlo todo.

MAXIM

Entro tambaleándome en el ático, que parece estar dando

vueltas. Pensé que había esperado lo suficiente, bebiendo vodka puro en el bar de la esquina, para que todos estuvieran dormidos, pero ni puta suerte.

Es como si los capullos me hubieran estado esperando.

Y el ambiente de compasión me dan ganas de vomitar.

—Que os jodan a todos. —No estoy seguro si lo gruñí en ruso o en inglés. Quizás en chino.

Tropiezo, y Nikolai se levanta como si fuera a ayudarme, así que le lanzo un puñetazo.

Y fallo.

Y de alguna manera termino de bruces, con el hombro golpeando el sofá durante la caída.

Oleg me levanta de un tirón. Al menos creo que es Oleg. Nadie más podría hacerlo con tanta facilidad.

Parpadeo mirándole.

—Que te jodan —balbuceo.

No estoy seguro de lo que ocurre después. Creo que me desmayo.

Cuando vuelvo a ser consciente de mi entorno, la luz se filtra por las ventanas directamente hacia mi cráneo. Intento moverme y me caigo del sofá al suelo.

Todos los malditos capullos siguen en la sala de estar. O quizás se fueron y volvieron, no puedo estar seguro.

Me incorporo y me siento en el sofá.

—¿Qué quieres? —le gruño a Dima, que me observa desde su puesto de trabajo.

—Lo siento por Sasha —dice.

Quiero matarle por pronunciar su nombre.

Levanto un dedo.

—No vuelvas a mencionar ese nombre delante de mí.

Ravil se deja caer a mi lado.

—Solo una vez más.

Mi cabeza realmente siente como si la hubieran partido por la mitad con un hacha.

—Pavel está vigilando a Sasha y Galina. ¿Qué quieres hacer con ellas?

Mi labio se levanta en una mueca de desprecio al escuchar su nombre otra vez. El estómago me da un vuelco. ¿Qué quiero hacer con ella? Mi primer pensamiento es encerrarlas a ambas en una torre en una isla remota donde nunca puedan engañar a otro hombre.

Podría ser una torre lujosa. De alguna manera, a pesar de mi dolor, todavía quiero que esté cómoda.

Y segura.

Porque en una isla remota, todos los tiburones que quieren ese dinero no podrían encontrarlas.

Pero eso ya no es mi problema. Honré a Igor con mi promesa, y ahora su hija está muerta.

Por su propia elección. Mi obligación de protegerla ha terminado.

¿Por qué, entonces, sigo sintiendo ese impulso?

Me paso una mano por la cara. La barba incipiente en mi mandíbula raspa mi palma.

—Déjalas ir. Diles que nunca vuelvan a mostrarse ante ninguno de nosotros. La responsabilidad de sus actos es únicamente suya. Me lavo las manos. —Encuentro la mirada de Ravil por primera vez—. Tú también deberías hacerlo.

Asiente.

—Si eso es lo que quieres.

—Lo es.

—Llamaré a Pavel. ¿Qué quieres que le diga a Moscú?

—Diles... —Me froto la frente—. Diles que Sasha está muerta. —Me encojo de hombros. Tengo que protegerla al menos en eso. Probablemente seguirán persiguiendo a Galina, pero de esta manera si Sasha se separa de su madre, podría vivir—. No les digas que sabemos algo diferente.

—De acuerdo. —Ravil se levanta—. Limpiamos el desastre del hotel.

Me pongo en pie, sintiéndome como si pesara una tonelada.

—Gracias.

Me tambaleo hasta mi habitación. Estar en el espacio que compartí con Sasha me golpea como un camión. Quiero tirar todo lo que ella posee por la ventana. En cambio, aprieto los dientes y empaco sus cosas, toda la que puedo meter en las dos maletas con las que llegó aquí, y luego las lanzo fuera de mi habitación.

Nikolai, Dima y Oleg me miran fijamente.

—¿Alguno de vosotros puede llevarle esto? —murmuro.

Las cejas de Nikolai se levantan. Debe seguir sintiendo lástima por mí porque se levanta inmediatamente.

—Sí. Las llevaré ahora mismo. Quitemos esta mierda de aquí.

—Gracias. —Vuelvo pisando fuerte a mi habitación y me meto en la ducha.

Eso es todo.

Ya la he superado.

He superado a todas las mujeres.

Nunca, jamás volveré a confiar en una sola palabra que salga de la boca de una mujer.

CAPÍTULO 21

asha

No estamos en el tipo de hotel con servicio de comida, pero Pavel pide que traigan donuts y café. Creo que son principalmente para él, pero pidió media docena, y después de comer, arroja la bolsa sobre la cama donde mi madre y yo seguimos acurrucadas.

No durmió en la cama. No estoy segura de que haya dormido en absoluto, pero no parece cansado. Se ve exactamente igual. Indiferente. Casual. Letal. Tan hastiado para ser un hombre tan joven.

Pasamos la mañana en silencio. Tengo demasiado miedo de apelar a él nuevamente, como si temiera agotar mi única oportunidad de arreglar esto.

¿Se puede arreglar siquiera?

El temor en mi estómago me dice que no, pero no puedo aceptarlo.

El teléfono de Pavel suena y contesta.

—Sí. Entendido. —Se levanta—. Nikolai está trayendo vuestras cosas, y yo me voy. Estáis solas. Maxim dice que podéis seguir muertas y quedaros con la fortuna, siempre

215

que ninguna de las dos vuelva a mostrar la cara ante nadie de esta célula. ¿Entendido?

Me pongo de pie.

—No.

Inclina la cabeza, mezclando incredulidad y desdén en su expresión.

—¿No?

Ahora que sé que no tienen intención de matar a mi madre, por fin puedo moverme. Por fin puedo funcionar y tomar una decisión.

—Necesito ver a Maxim y explicarle las cosas. No quiero seguir muerta. Quiero volver.

—¡Sasha! —ladra mi madre—. ¿Qué estás haciendo? —También baja de la cama y camina detrás de mí.

Desde que tengo memoria, mi madre me ha hecho creer que lo ha hecho todo por mí. Que ella y yo éramos un equipo, conspirando contra el mundo exterior. Contra los hombres. Mientras crecía, se aseguró de que estuviéramos bien atendidas, y también se aseguró de que yo supiera que era gracias a sus esfuerzos.

Me mostró todos sus trucos. Me explicó por qué necesitaba que fuera una buena niña y esperara en mi habitación mientras ella seducía a mi padre una y otra vez, noche tras noche. Cuando fui mayor, por qué debía dejar de pedirle que me dejara ir a Estados Unidos para la universidad. Por qué necesitaba actuar más como ella.

Por alguna razón, me rebelé contra mi padre, pero nunca me rebelé contra ella. Supongo que hizo parecer que ella y yo estábamos en el mismo barco.

Ahora, por primera vez en mi vida, me enfrento a ella.

—Era *mi* dinero, mamá. —Las palabras suenan horribles a mis oídos, y mi madre retrocede, pero es la verdad. Mi padre no confiaba en mí con mi herencia, así que se la dio a Maxim. Ahora mi madre me la ha quitado.

Y si tuviera que elegir entre ser controlada por Maxim o por mi madre... me quedaría con Maxim cualquier día.

—Me dijiste que Maxim y Ravil querían robarlo, pero eras tú quien quería quitármelo.

Mi madre me abofetea con fuerza.

Me escuecen los ojos, y las palabras de Maxim vuelven a mí, como una horrible burla, un amargo recordatorio de lo que he perdido.

Nadie volverá a abofetearte la cara, te lo prometo. No si quieren seguir vivos.

—¡Hice esto por ti, desagradecida! —gruñe mi madre—. Podríamos haberte matado de verdad en ese coche. —Me apunta con el dedo—. *Así* es como habría cogido tu dinero, si ese hubiera sido mi deseo. Habría sido mucho más simple. ¡Y Viktor seguiría vivo para que yo lo disfrutara!

La miro fijamente, luchando contra el peso del dolor que me invade. No por esta conversación, sino por una vida entera sabiendo subconscientemente que mi madre realmente no me amaba, excepto como una extensión de sí misma. Que yo era un peón en su juego contra Igor por su dinero. Nada más.

Extiende los brazos.

—Hice esto por *ti*. Para liberarte de ese hombre.

—¡No quería ser liberada de él! —grito.

Miro desesperadamente hacia Pavel, que está en la puerta con aspecto de querer irse, pero incapaz de apartar la mirada de este desastre entre mi madre y yo.

—Por favor, tienes que decírselo. No fui yo. No quería esto.

Pavel sacude la cabeza con disgusto.

—No voy a decirle nada —dice y sale por la puerta.

Mi madre se gira y coge su maleta.

—Vámonos. Tenemos un vuelo que tomar a Moscú.

No puedo moverme. Nunca me he sentido tan perdida o

sola en toda mi vida. El deseo de hundirme, de quejarme, de rebelarme, todos los viejos y manidos trucos de mi infancia salen a la superficie, pero veo lo completamente inútiles que son.

Maxim tenía razón: el poder no es algo que alguien te concede. Es algo que tomas por ti misma.

—No voy a ir.

Mi madre se queda inmóvil y luego gira lentamente.

—¿Qué?

—No voy a dejar a mi marido.

—¿No has oído? Tu marido dijo que, si alguna vez volvemos a aparecer, nos quitarán el dinero. —Gesticula con ambas manos—. *¡No podemos vivir sin ese dinero!*

—Mírate —se burla mi madre—. Nunca has tenido un trabajo en tu vida. ¿Qué harías? ¿Cómo vivirías? ¿Y con qué propósito? Maxim no va a aceptarte de vuelta. Vi su cara cuando vio que estabas viva. Le traicionaste una vez. Tienes suerte de que no te estrangulara allí mismo por traicionarle una segunda vez.

Agito los puños en el aire como una lunática.

—¡Yo no le traicioné una segunda vez! ¡*Tú* lo hiciste! Y haré que lo vea.

Los ojos de mi madre se abren de par en par.

—¿Estás loca? ¿Deseas que nos maten a las dos, entonces? —Da un paso atrás, fingiendo estar herida.

De repente veo de dónde saqué el gen de la actuación.

—¿O solo yo?

—No, mamá. No va a matarte. Ya lo habría hecho. Te perdonó la vida porque le importo. Esa es la parte que te perdiste. Maxim y yo nos estábamos enamorando. ¡Me compró ese coche!

Señalo hacia la calle como si mi coche todavía estuviera allí y no hubiera volado en mil millones de pedazos. Uso el coche como ejemplo porque el dinero es lo único que le importa a mi madre. Por supuesto, para mí, no era el coche. Era cómo me miraba en el coche. Cómo dijo que combinaba con mis ojos. Cómo quería follarme encima de él. Cómo le gustaba mimarme y faltarme al respeto en igual medida.

—Vi su cara —dice mi madre obstinadamente—. No te perdonará.

Enderezo la espalda. Me perdonó una vez. Creo que podría hacerlo de nuevo. Espero que esta vez no tarde ocho años en sanar.

—Ve a Rusia. Yo me quedo aquí.

Mi madre deja la maleta.

—Esperaré. Cuando te rechace, nos iremos juntas.

No pretendo que quiera estar aquí conmigo. Se queda porque si vuelvo con Maxim, si me declaro no muerta, el dinero vuelve a ser mío.

No suyo.

Cuando hablaba de quedarse sin un céntimo, temía por sí misma. Con Vladimir vivo, le habrían dado una asignación mensual. Ahora que lo ha matado, no recibirá nada. De hecho, probablemente ni siquiera esté segura en Moscú. No sé si Vladimir tenía muchos amigos, pero seguro que alguien querría su sangre por lo que hizo.

Suena un golpe en la puerta. Camino para abrirla, pero mi madre susurra bruscamente:

—¡Espera!

—¿Qué? —le susurro.

—Que haya dicho que somos libres de irnos no significa que realmente lo seamos.

Abro la puerta una rendija. Es Nikolai con mis maletas. En cuanto me ve, se da la vuelta y se aleja.

—¡Espera! —le llamo—. Por favor. Necesito hablar con Maxim.

—Eso no va a suceder, *printsessa* —dice Nikolai.

—Es mi marido —insisto, como si eso fuera a significar

algo para Nikolai, que ya está a tres cuartos de camino del pasillo hacia el ascensor.

—Es un viudo. —Nikolai ni siquiera se gira al pronunciar esas palabras. Y entonces entra en el ascensor y desaparece.

Maldita sea.

Nunca me he odiado tanto en mi vida. Lo hice todo mal con Maxim. Mi estúpida y cruel mentira sobre él intentando forzarme a tener sexo cuando era adolescente. Comportándome como una niña malcriada cuando me trajo aquí.

Y no sé qué podría haber hecho diferente con mi madre, pero desearía haberlo hecho. No debería haber comprado el teléfono desechable ni haberle contado sobre mi clase de actuación. No debería haber permitido que sembrara todas esas dudas sobre Maxim. Debería haberle dicho, convencerla, de que era feliz con él. Entonces no habría tomado esta medida desesperada.

La que acaba de arruinar mi vida junto con la suya.

Reprimo un sollozo mientras llevo mis maletas a la habitación del hotel.

—Tengo que verle —digo.

Mi madre me bloquea el paso.

—No tenemos dinero, Sasha. Ni tarjetas de crédito, ni efectivo. Nada.

—¿Cómo llegaste hasta aquí?

—Viktor —susurra.

Claro. Viktor. Que está muerto. Mi tarjeta de crédito, cortesía de Maxim, explotó con mi bolso.

No tengo teléfono. Ni siquiera puedo tomar un Uber hasta el Kremlin.

—Necesitamos usar esos billetes de avión y volver a Moscú. Entonces podremos conseguir tu dinero y empezar de nuevo.

Ahí va otra vez con su gran plan.

—Mamá, se tarda meses en transferir propiedades

después de una muerte. Maxim ni siquiera tenía acceso al dinero de Igor todavía.

Su rostro palidece.

—Esa es nuestra única esperanza.

Es la suya.

Pero no la mía.

Mi esperanza es Maxim. Mi vida es Maxim. Solo tengo que conseguir que me vea, para poder hacer que me crea.

Abro mi maleta y me cambio la ropa de ayer por unos jeggings capri y una camiseta bonita. Opto por zapatos prácticos.

—Voy a ver a Maxim —declaro. No me importa si tengo que caminar por todo Chicago, llegaré allí y le veré.

Ignoro las sombrías advertencias y protestas de mi madre y salgo del edificio. Me paso toda la tarde llegando al Kremlin en transporte público.

En el momento en que cruzo las puertas principales, el guardia niega con la cabeza.

—Fuera. Tú y tu madre tenéis prohibida la entrada.

—Por favor, solo necesito hablar con mi marido.

—Sal, o te echo yo mismo. Tengo órdenes estrictas —me dice—. Si vuelves, llamaré a la policía. Y no querrías eso, ¿verdad? ¿No se supone que estás muerta?

Y es entonces cuando me doy cuenta. Definitivamente no quiero estar muerta.

Y si no estoy muerta, entonces Maxim tiene el control de mi dinero. Lo que significa que su obligación con Igor seguirá en pie. A menos que crea que yo la anulé.

De cualquier forma, es un buen punto de partida. Asiento.

—Por favor, llama a la policía. Quiero informar que no estoy muerta.

∾

MAXIM

Estoy en el sofá tratando de emborracharme hasta perder el conocimiento otra vez cuando suena mi teléfono. Es el guardia de seguridad de abajo.

—Que te jodan —murmuro y no contesto.

Luego llama a Ravil.

—Vaya. Bueno, ponla a prueba. Llama a la policía —dice Ravil.

Levanto la cabeza de golpe.

—Tiene que ser una broma.

Ravil se encoge de hombros.

—Dice que va a informar que no está muerta a menos que bajes.

Me recuesto y asiento.

—Ponla a prueba. Tiene que seguir muerta si quiere controlar su dinero.

—Iba a esperar unos días para decirte esto, pero... —comienza Nikolai.

Le lanzo mi vaso a la cabeza. Falla, pero se estrella contra la pared, haciéndose añicos.

—Vale. Esperaré unos días. —Nikolai tiene la elegancia de parecer impasible ante mi intento de agresión.

No debería ser tan difícil pasar un día sin oír su maldito nombre.

Sin pensar en ella. Imaginando que huelo su perfume. Preguntándome cómo pude ser tan estúpido como para dejarme engañar.

Cuarenta minutos después, el imbécil del guardia llama otra vez. Esta vez respondo, listo para cortarle la maldita cabeza.

—¿Qué quieres? —gruño.

—La policía quiere hablar contigo.

—¿Qué? —Joder. Realmente lo ha hecho.

No quiero admitir lo que eso me hace sentir. Acaba de

devolverme su fortuna. Pero no puedo hacer esto. No sé qué tipo de juego está jugando, pero no dejaré que juegue conmigo otra vez. Ni de coña.

—Sí, creo que podrías ser sospechoso del atentado —dice el guardia en ruso.

Ah. Ahora veo su estrategia. ¿O no? Mierda, no tengo ni idea. No puedo pensar con claridad.

Se supone que soy el Solucionador, pero ahora mismo no puedo solucionar ni una maldita cosa.

Me dirijo al ascensor, y Ravil, Nikolai y Pavel entran conmigo. Al menos sé que ellos siempre me cubrirán las espaldas.

Hermanos en quienes confiar.

No como las mujeres.

Bajo, y hay dos policías en el vestíbulo con Sasha y el guardia.

—Aquí está. —Sasha muestra una gran sonrisa y saluda con la mano—. ¿Veis? No me estoy escondiendo de él.

La agente de policía entrecierra los ojos.

—¿Así que se escondió después de la explosión, y su marido pensó que estaba muerta? ¿Pero ahora ya no se esconde de él?

—Nunca me escondí de él. Intentaba protegerle de problemas. Mi padre era el jefe de la *mafiya* rusa, y después de su muerte, temía que algunos de sus hombres vinieran a por mí por venganza.

—*Mafiya* rusa —repite el agente de policía, mirándonos a todos con sospecha—. ¿Qué hombres eran esos?

Sasha se encoge de hombros.

—No lo sé.

—¿Desde cuándo sabe que su esposa está viva? —me pregunta la agente.

—Desde anoche. —No tiene sentido mentir.

—¿Y no se molestaron en notificárnoslo? ¿Ninguno de los dos?

—Como he dicho, estaba manteniendo un perfil bajo. Por si venían a por mí. —Sasha tiene el descaro de acercarse y ponerse junto a mí como si fuéramos una unidad. Me rodea con un brazo.

Si no fuera por la policía, la apartaría de un empujón. Pero noto que está temblando.

Joder.

No quiero que me importe eso.

Ni siquiera quiero tener que intentar averiguar qué se trae entre manos mi maquiavélica esposa ahora mismo.

¿Está temblando por mí o por los policías?

Joder.

La agarro por la nuca y la atraigo bruscamente para besarla con fuerza en la boca. Luego levanto la cabeza y miro significativamente a los policías.

—Estoy tan feliz de que esté viva.

Ojalá no estuviera sin aliento, mirándome como si nunca fuera a apartar la vista.

Después de más idas y venidas, y la promesa de que un detective hará seguimiento, los malditos policías finalmente se van. Llevo a Sasha a la vuelta de la esquina, donde la sujeto contra la pared por el cuello.

—No sé qué juego te traes ahora, *caxapok*, pero puedes dejar de jugar. Se acabó lo nuestro.

Sus ojos se llenan de lágrimas, y reúno toda la rabia que tengo contra ella para que esas gotas brillantes no me conmuevan.

—Maxim, por favor. Solo quiero contarte lo que pasó.

Aprieto un poco más la mano en su garganta, lo justo para callarla.

—No quiero oírlo. No quiero oír nada de eso. No sé qué crees que has demostrado diciendo que no estabas muerta, pero no te retendré. Busca los papeles del divorcio. Tu madre seguirá siendo la heredera, y así no tendrás que seguir muerta. —La suelto y me alejo.

Apenas puedo respirar por el dolor que atraviesa mi torso, pero no lo demuestro. No voy a desmayarme otra vez y dejar que vea cómo me ha destrozado.

Se acabó lo nuestro. Nunca más caeré en sus artimañas.

CAPÍTULO 22

*S*asha

—Deberíamos ir a Rusia —dice mi madre.

Han pasado dos días desde que vi a Maxim en el Kremlin, y no he salido de la habitación del hotel. Estoy sentada junto a la ventana mirando la calle. Alterno entre sentarme aquí y dar vueltas por la pequeña habitación.

No sé si estoy pensando o simplemente me he bloqueado.

—*No.*

—Por favor, Sasha. Sé razonable. No podemos quedarnos aquí para siempre. Pronto Ravil se dará cuenta de que el hotel sigue cargando a su tarjeta de crédito, y nos echarán.

—Tú hiciste esto —le espeto—. ¡Me quitaste a la única persona que realmente se preocupaba por mí!

Los ojos de mi madre se abren de par en par.

—¿Qué estás diciendo? Yo soy la única que realmente se ha preocupado por ti.

—No. —Estoy harta de las lágrimas calientes que siguen brotando de mis ojos—. Maxim realmente se preocupaba. Él escuchaba. Apoyaba mis sueños. Y ahora está terriblemente herido porque piensa que intenté engañarle.

Ella niega con la cabeza desdeñosamente.

—Si quieres salir de este hotel, deberías ayudarme a encontrar cómo arreglar esto.

—¿Maxim dijo que solicitaría el divorcio?

Miro con furia a mi madre. Le encanta ese detalle porque significa que obtendrá mi dinero.

—No quiero el divorcio. Quiero a Maxim.

Mi madre suspira.

—¿Qué hay de la abogada?

—¿Qué abogada?

—¿No es la prometida de Ravil una abogada? Quizás ella esté preparando los documentos. Podrías ir a hablar con ella.

Parpadeo mirando a mi madre. No es la peor idea.

No sé si le caigo bien a Lucy, pero fue ciertamente amable antes. Cojo el teléfono y llamo a su bufete para pedir una cita.

Haré que esto funcione. Tengo que hacer que esto funcione. No voy a quedarme sentada pasivamente dejando que la gente me mueva por el tablero de ajedrez como un peón. Esta es mi vida, y tengo que luchar por lo que quiero.

Maxim

Estoy en el bar por tercera noche consecutiva cuando Pavel se deja caer a mi lado en un taburete. No me mira, solo examina las botellas detrás de la barra con fría indiferencia.

El camarero se acerca y toma su pedido de una cerveza.

La bebe lentamente, sin reconocer aún mi presencia.

—Sea lo que sea que quieras decir, reconsidera. Te prometo que no quiero oírlo.

—Mmm...

Levanto mi vaso y hago un gesto con él.

—Esta vez mi puntería será mejor —amenazo.

No dice nada, solo da otro trago a su cerveza.

A la mierda. Tiro un billete de cincuenta y empiezo a levantarme de mi asiento.

—Ella estaba discutiendo con su madre —ofrece Pavel.

No quiero detenerme.

Vete. Simplemente vete a la mierda.

Maldita sea. Vuelvo a sentarme.

—Su madre decía que debería haberla dejado arder.

Si Pavel quería elegir lo único que me haría reaccionar, lo ha escogido sabiamente. Una oleada de frío y luego de rabia ardiente me recorre.

—*¿Disculpa?*

—Estaban discutiendo —repite—. Realmente no creo que Sasha tuviera nada que ver con el plan. No dejaba de suplicarme que te lo dijera. Y su madre le decía que lo había hecho por ella, pero Sasha no se lo tragaba. Dijo que Galina básicamente le estaba robando su dinero.

Mi corazón da un vuelco en mi pecho. La indecisión hace que me cueste respirar.

—¿Me lo estás diciendo justo ahora? —gruño, decidiendo que todo esto es culpa de Pavel.

Él es lo suficientemente inteligente como para bajarse del taburete y retroceder, con las manos en alto en señal de rendición.

—Lo intenté.

Niego con la cabeza.

—No, no lo hiciste.

Aunque quizás no quiera volver a ver a Sasha, la idea de que esté en peligro por culpa de su propia madre me hace levantarme y moverme rápido.

Gracias a Dios que maté a Viktor y Alexei. ¿Habrían matado a mi esposa si hubiera intentado marcharse?

Saco mi teléfono mientras entro en mi coche y llamo a Ravil.

—¿Dónde están? —ladro al teléfono.

Espera un momento antes de responder, demostrándome que sigue siendo el jefe. Cuando habla, su voz es suave como el caramelo.

—Supongo que te refieres a Sasha y Galina.

—Sí. Asumo que las estás vigilando.

—Siguen en el hotel donde las dejé. Sus billetes a Rusia, reservados bajo nombres falsos, no se utilizaron.

—*¿Qué hotel?*

—Deberías simplemente volver aquí.

—No me digas que vuelva ahí, joder.

—No, en serio, vuelve. Si estás buscando a Sasha... ella encontró la manera de entrar.

Me lleva varios momentos procesarlo. Nada se le escapa a Ravil, es nuestro *pakhan*. Nadie puede hacerle hacer nada excepto...

—Lucy la dejó entrar —deduzco.

—Está en tu habitación.

Mi pulso se calma. Está en mi habitación.

A salvo.

Nadie puede tocarla allí.

Nadie excepto yo.

Todavía estoy dividido. No estoy seguro de qué creer. Pero el relato de Pavel coincide con lo que ella intentó decirme. Y sus acciones. No se quedó muerta. No ha abandonado el país.

Piso el acelerador, entrando con un chirrido en el aparcamiento subterráneo del Kremlin y tomando el ascensor privado hasta el ático.

Entro en la suite sin decir una palabra a nadie, remangándome la camisa mientras camino. Como si estuviera a punto de ocuparme de mi esposa descarriada con una buena azotaina a la antigua usanza.

Lo que... en realidad suena divertido.

Parte del peso que ha estado aplastando mi pecho desde que pensé que estaba muerta se alivia. Abro la puerta, luego entro y la cierro rápidamente cuando veo lo que me espera.

Sasha está desnuda en medio de la cama. Desnuda excepto por un par de tacones rojos. Aparte de los zapatos, es la viva imagen de la que había formado hace seis años cuando la encontré en el camarote de mi yate, ofreciéndose a mí en bandeja.

No me gusta la escena. No me gustó entonces, y me gusta aún menos ahora. Se siente como otra manipulación. Pero entonces me doy cuenta de lo insegura que parece. Es eso, más que cualquier otra cosa, lo que derrumba mi resistencia.

Apoyo la espalda contra la puerta y me paso una mano por la cara.

—¿Qué estás haciendo?

Ella traga saliva. No me gusta verla tan nerviosa.

—Me dejé los tacones puestos —ofrece—. Como castigo.

El hecho de que esté pensando lo mismo que yo cuando entré derriba aún más mi resistencia. Pero no quiero pensar con la polla aquí. No puedo dejar que me engañe si esto es otra treta.

—No hay trucos —promete, leyéndome la mente.

Sin intentar parecer sexy, se desliza del borde de la cama y luego me sorprende al caer de rodillas frente a mí. Sus dedos se alzan como si fuera a desabrocharme los pantalones, pero parece pensarlo mejor y vuelven a bajar.

Todavía no hemos llegado a ese punto.

En lugar de eso, mantiene las manos juntas en su regazo, mirándome con esos brillantes ojos azules.

—No estoy jugando contigo. No lo hice entonces. No lo hago ahora. —Las lágrimas brillan y se liberan, cayendo por sus mejillas.

Mi resistencia se hace añicos.

—Estoy aquí para entregarme a ti. Porque mi corazón, mi cuerpo y mi alma te pertenecen. Siempre ha sido así.

—Sasha —me ahogo y caigo de rodillas frente a ella. Apoyo mi frente contra la suya y acuno la parte posterior de su cabeza—. Sasha... me rompiste el corazón —admito.

Ella contiene un sollozo, su vientre desnudo temblando.

—Tú estás rompiendo el mío.

Joder.

—Maxim, salí del coche antes de que explotara porque mi madre abrió mi puerta y me dijo que lo hiciera... No conocía su plan de antemano. No formé parte de ello. No quiero estar muerta para ti, ni divorciada. Por favor, créeme.

—Sasha —grazno.

Estoy roto ahora. Completamente roto. Totalmente demolido. Sasha me desgarró y me dejó jadeando por aire en aquella acera y en aquella habitación de hotel.

Acaricio su pelo.

—A mi madre solo le importaba el dinero. —Su voz se quiebra.

—Lo sé —admito.

—Intentó decirme que planeabas matarme, pero era ella quien tenía planes.

Limpio las lágrimas con el pulgar, pero siguen cayendo.

—Eres la única persona que se preocupó por mí. No puedo perderte, Maxim. Por favor.

—Me tienes —digo rápidamente antes de que suplique más—. Siempre me tendrás. Lamento no haberte creído.

Reclamo su boca con el beso para acabar con todos los besos. Apasionadamente abrasador. Voraz. Posesivo. Necesito a esta mujer como necesito el oxígeno.

—Lo siento, dulzura —digo con voz ronca contra sus labios—. Debería haber confiado en ti. Debería haber confiado en ti entonces, y debería haber confiado en ti ahora. Es que...

—Lo sé. Tu madre te afectó mucho. Piensas que las mujeres manipulan. Te prometo que nunca te engañaré. Nunca.

Escuchar a mi esposa pronunciar en voz alta mi herida más profunda, comprenderla y acogerla con compasión, me produce algo extraño.

Toda la devastación que Sasha causó en mi corazón de repente parece valer la pena. Para ser reconstruido así. Con confianza entre nosotros. Con esta vulnerabilidad y aceptación.

—Sasha, perdóname —me ahogo. Ahora soy yo quien suplica—. Siento no haberte creído. Te *conozco*. Debería haberme aferrado a eso. Conozco tu corazón. Quién eres bajo toda esa pose. Eres dulce, cariñosa y amable. Apoyas y cuidas a todos a tu alrededor. Y, *caxapok*, considero que cuidarte es el mayor honor que jamás me han concedido. Mi deuda con Igor nunca terminará.

—Maxim. —Sasha se derrumba por completo, cubriéndose la boca para ocultar sus sollozos.

—Ven aquí, hermosa. —La ayudo a levantarse y la beso de nuevo, empujándola de espaldas sobre la cama.

Voy despacio. Como si esta noche fuera nuestra noche de bodas, y ella fuera la virgen que esperó todos estos años por mí. La beso desde la mandíbula bajando por su garganta. Entre sus pechos. Aprieto un pecho con fuerza mientras la lujuria golpea impaciente por mis venas, pero me obligo a tomarme mi tiempo, chupando un pezón en mi boca mientras aprieto y masajeo el seno.

—Mi hermosa esposa. —Murmuro, cambiando al otro pezón. Aprieto y pellizco el primer pezón mientras chupo el segundo.

Los sollozos de Sasha se han calmado, y gime, empujando sus gloriosos pechos al aire. Beso entre sus pechos y bajo por su vientre, pasando mi lengua ocasionalmente para hacerla jadear. Me salto su sexo, trabajando alrededor de una cadera y bajando por su muslo interior.

Sus piernas y vientre tiemblan.

—Veamos ese precioso coño tuyo. —Empujo sus rodillas abiertas y me quedo mirando, bebiendo la visión de su carne rosada y reluciente—. Siempre estás tan mojada para mí, ¿verdad, dulzura? —Apenas rozo su clítoris con mi pulgar, y ella se sacude y tiembla.

—S-sí.

—Te guardaste para mí. —Soy un tonto, pero quiero oírlo. Que se guardó para mí y no porque Igor se lo dijera.

—Sí —admite—. Siempre quise que fueras tú.

La lamo, separando sus labios con mi lengua, trazando el interior.

Ella aprieta sus rodillas alrededor de mis orejas.

—Niña traviesa. —Le doy una pequeña nalgada en el coño—. Mantén esas rodillas bien abiertas para mí.

—Oh —gime.

Aplico mi lengua con un poco más de vigor, chupando sus labios inferiores, mordisqueando. Empujo hacia atrás su capucha clitoriana para rodear con mis labios su pequeño botón.

Sus manos vuelan a mi cabeza, y tira de mi pelo.

Chupo más fuerte y hundo mi pulgar en su canal, bombeando dentro y fuera.

—Por favor, Maxim. Te necesito. —Tira de mi pelo, intentando apartar mi boca de ella.

—¿Necesitas mi polla?

Nunca una mujer me ha mirado como lo hace ella ahora. Como si yo fuera su mundo entero. Como si el sol saliera y se pusiera según mi palabra. Asiente, sin apartar nunca su mirada de la mía.

—Por favor —suplica de nuevo.

Bueno, ¿quién coño soy yo para negarle algo a mi esposa?

Me bajo de la cama para quitarme la ropa y luego me coloco encima de ella. No quiero usar un condón. Quiero poseerla por completo, llenar su vientre de hijos y mantenerla tumbada el resto de sus días, pero sé que no está bien. Ella tiene sueños profesionales que apenas está empezando a realizar. Tenemos mucho tiempo para formar una familia más adelante. Si eso es lo que ella quiere.

Me pongo un condón y me alineo con su entrada.

—Te amo —digo mientras me introduzco.

Ella jadea y se le llenan los ojos de lágrimas.

—Te amo, Max. —Agarra mis caderas y me atrae más profundamente, rodeándome la espalda con sus piernas.

Me inclino y le muerdo la oreja mientras me muevo lentamente dentro de ella, intentando contenerme para no embestir como un loco.

—Te necesito —solloza—. Quiero esto. Contigo. Para siempre.

Sonrío, embistiendo un poco más fuerte.

—Menos mal que ya te tengo atada a mí, entonces.

Una risa de alivio escapa de ella.

—¿Te casarías conmigo otra vez? Quiero hacerlo de nuevo. De verdad.

Mi corazón se encoge. Por supuesto que quiere eso. Mi niña buena que guardó su inocencia para el hombre con el que se casó. Se le negó el vestido blanco y las flores. La celebración. Todo lo que tuvo fue un funeral, una unión forzada y un marido cabrón que se la echó al hombro y se la llevó al aeropuerto.

Ralentizo mis embestidas para inclinarme y tomar sus labios con ternura, saboreándolos. Explorando su suavidad.

—Sasha, ¿me harías el honor de casarte conmigo?

—Sí —dice entre risas y lágrimas.

—Tengamos una boda en un destino paradisíaco —digo—. Podemos llevar a todos tus amigos a Bali o algo así.

—¡Sí, sí, sí! —exclama—. Me encanta esa idea.

Le sonrío, y está tan radiante que duele. Mi control se desvanece. Apoyo mis manos a ambos lados de su cabeza, sujetando sus hombros mientras la penetro más profunda y duramente.

Ella mueve sus caderas para encontrarse con las mías como si estuviera ansiosa por tener aún más.

—¿Quién te va a hacer gritar cuando te corras, dulzura?

—Tú —jadea—. Maxim. Mi marido.

—*Blyat.* —Pierdo la cabeza, embistiéndola con tanta fuerza que la cama golpea contra la pared.

Ella me recibe, gimiendo cada vez más fuerte, animándome hasta que ambos gritamos nuestro clímax exactamente al mismo tiempo.

La cubro con cientos de besos, llenando su hermoso rostro con ellos, su cuello, sus orejas, su frente. Luego dejo caer todo mi peso sobre ella para cubrirla por completo.

—Uf... —Se ríe.

Nos hago rodar a ambos de lado, permaneciendo dentro de ella.

—Maxim... —Sasha suena seria de nuevo.

Le aparto el pelo de la cara con cariño y acuno su mejilla.

—¿Qué pasa, *caxapok*?

—¿Qué vas a hacer con mi madre?

Entiendo inmediatamente su ansiedad.

—Me ocuparé de ella, Sasha —prometo—. Quiero decir, no pienso invitarla a vivir aquí con nosotros, pero...

—Claro —Sasha suelta una risa aliviada.

—Quizás deberíamos dividir tu herencia, darle la mitad a tu madre. Así no actuará desde la impotencia y la desesperación. ¿Qué te parece?

—Vaya. Sí. ¿Estás de acuerdo con eso?

—No me casé contigo por tu dinero. Ya te lo he dicho. La cuestión es si tú estás de acuerdo.

—Sí. Me encanta la idea. —Me devuelve la lluvia de besos, posándolos en mi cara y en mi pecho tatuado—. Eres un buen hombre, Maxim. Gracias por tu perdón.

Acuno su rostro entre mis manos.

—No hay nada que no haría por ti, dulzura. Créelo.

CAPÍTULO 23

*S*asha

Me deleito en la euforia de estar en los brazos de Maxim durante mucho tiempo.

Sin embargo, finalmente, el hambre y la preocupación por mi madre me devuelven a la realidad.

—¿Todos los de fuera me odian?

Me acurruco más cerca de Maxim buscando protección contra mis pensamientos. Me doy cuenta de que viviré con estos chicos. Lucy fue amable, escuchó mi historia y finalmente accedió a traerme aquí para intentar arreglar las cosas, pero no sé qué pensar del resto.

Maxim niega con la cabeza.

—No. Todos seguían pendientes de ti. Ravil sabía exactamente dónde estabas, y esta noche Pavel me sacó del bar para abogar por ti. Me contó sobre tu discusión con tu madre.

—¿Lo hizo? —Eso me sorprende, considerando la indiferencia que mostró en aquel momento.

—Si alguien fue cruel contigo, lo siento. Solo fue porque son protectores conmigo. Me aseguraré de que nunca vuelva a ocurrir.

Niego con la cabeza.

—Estuvieron bien. Lo entiendo. En parte me gustaría esconderme aquí para siempre, pero... si no regreso al hotel, mi madre pensará que me has matado. —Ofrezco una sonrisa irónica.

—Podemos enviarle un mensaje.

—No tengo teléfono. —Consigo esbozar una sonrisa ladeada mientras Maxim frunce el ceño.

—Joder. Lo siento, Sasha. Nunca quise que sufrieras.

—Además, deberíamos sacarla de ese antro de hotel. Si no te importa. —Me encojo un poco, oyendo cómo podría sonar como la niña mimada otra vez. Como si solo hubiera venido aquí porque estaba desesperada.

Pero Maxim se levanta de la cama de un salto.

—Mi esposa ha hablado.

Mi pulso se acelera ante sus palabras, esa oleada de calidez llenando mi pecho de nuevo.

—Quiero hacerte muchos hijos —anuncia Maxim de la nada mientras se pone la ropa—. Lo deseo con locura.

Me quedo quieta y lo miro fijamente, con la cara ardiendo. Mi clítoris palpita en respuesta.

—Por supuesto, esperaremos hasta que el momento sea el adecuado para ti.

—Quiero tener tus bebés —suelto, con el rubor aumentando—. Pero sí, quizás no tan pronto.

La sonrisa de Maxim es más cálida que el sol. Se abrocha la camisa, observándome.

—Tal vez quieras ponerte algo de ropa antes de irnos.

—Oh. —Me doy cuenta de que sigo aquí de pie, desnuda. Recojo mi ropa del armario donde la había dejado y me visto.

Maxim me espera en la puerta del dormitorio, toma mi mano y la aprieta antes de empujarla para abrirla.

—No te preocupes —murmura—. Siempre te protegeré, Sasha.

Mi sonrisa tiembla, recordando que casi lo pierdo, pero él me besa la frente, y yo levanto mi cara para atrapar sus labios contra los míos.

—Mi esposa se quedará con nosotros, después de todo —anuncia Maxim a todos en la sala de estar.

Lo toman con la misma elegancia casual con la que dieron la bienvenida a mi primera llegada.

Dima hace un perezoso gesto de victoria con el puño y dice:

—¡Vamos!

Oleg asiente.

—Bienvenida de nuevo —dice Nikolai.

—Bien. Contaba con que el Señor Dinero pagara más canales de cable —dice Pavel con seriedad, cambiando de canal—. Ya los he pedido.

Lucy me sonríe desde la barra del desayuno donde está comiendo pierogis. Ravil está cerca detrás de ella, acariciando su vientre hinchado y presionando sus labios en su sien. Es dulce.

Todos aquí son dulces. Son fáciles de tratar. Auténticos. Ahora son mi familia, y los quiero.

—¿Puedo? Me muero de hambre. —Me acerco y robo un pierogi del plato que Lucy empuja hacia mí.

—Vamos a trasladar a Galina a algún sitio, preferiblemente muy, muy lejos. Es broma. —Maxim me guiña un ojo.

—Oh, sí. Estaba pensando en otro continente, seguro —coincido.

Ravil se gira.

—No a Rusia.

Trago saliva. Sé que mi madre se lo ha buscado, pero aun así no quiero verla muerta.

—No. A otro lugar.

—Maxim lo solucionará —me asegura Ravil—. Ese es su trabajo.

Echo un vistazo a mi apuesto marido, apenas sabiendo cómo me mantengo en pie con la manera en que hace que me tiemblen las rodillas. Me deja sin aliento.

—Vamos, dulzura. —Me empuja hacia la puerta—. Acabemos con esto. Os llevaré a las dos a comer cuando la traslademos.

—No tienes por qué ser amable con ella —le digo mientras me mete en el ascensor y me aprisiona contra la pared.

—Lo seré. Porque es tu madre. Pero si alguna vez intenta alejarte de mí otra vez, se acabaron las consideraciones.

Rodeo su cintura con mis brazos y apoyo mi cabeza en su pecho.

—Trato hecho.

EPÍLOGO

Sasha

Maxim aparta un mechón de cabello que el viento sopla en mi cara y vuelve a unir nuestras manos. Estamos de pie en la playa al atardecer, recitando nuestros votos.

Le pedimos a Nikolai que oficiara lo que llamo "nuestra segunda boda". La ceremonia no es real, por supuesto; nuestros papeles ya están presentados. Nuestra unión es legal. Pero esta princesa consentida no quería verse privada de planificar su propia boda, así que aquí estamos, en la playa de Ibiza, asistiendo a las fiestas de fin de temporada.

Hice volar hasta aquí a mis amigas de la universidad, incluida Kimberly, a quien no podía dejar fuera, para que me ayudaran a celebrarlo. Mi madre está aquí con su mejor comportamiento, fingiendo, como yo, que esta es mi primera y verdadera boda.

Ravil y Lucy no pudieron viajar porque está demasiado cerca de la fecha de parto de su bebé, pero todos los demás del ático están aquí: Dima, Nikolai, Oleg y Pavel, cuyo labio se curva cada vez que mira a mis amigas de la universidad. Supongo que no son su tipo.

Resulta que su tipo son las aventuras de una sola noche picantes y escenas pre-negociadas que incluyen látigos y cadenas. Supongo que después de oír hablar del club BDSM donde Ravil y Lucy se conocieron, se interesó en llevar sus tendencias sádicas al dormitorio. Noté que Kayla lo miraba con interés cuando llegamos, pero rápidamente eché por tierra esa idea.

Maxim se ve tan increíblemente guapo como siempre con una camisa blanca impecable, abierta en el cuello, las mangas largas arremangadas para revelar sus antebrazos tatuados.

—Aunque ya estéis casados —anuncia Nikolai en un tono falsamente formal—, ¡os declaro marido y mujer!

Mis amigas vitorean y lanzan pétalos de rosa al aire y sobre nosotros. El agua lame nuestros pies descalzos, llevándose los pétalos hacia el mar. Salto sobre Maxim, montándome a horcajadas en él con mi corto vestido de novia mientras me da vueltas y vueltas, besándome entre vítores ensordecedores.

—Seguid, estoy grabando un vídeo —grita Kayla.

Maxim se adentra demasiado y una ola le salpica las piernas. Chillo y río, trepando más alto en sus brazos.

—Te tengo, dulzura.

—Lo sé —le sonrío. Porque me tiene. Siempre me tiene, y lo adoro por ello.

Me lleva de vuelta a la orilla hasta la arena seca y me baja.

Nikolai y Dima descorchan botellas de champán caro, que pasan para que cada uno beba un trago.

—¡*Gorko*! —grita Nikolai, según la tradición rusa, y Maxim y yo nos besamos, siguiendo la costumbre.

Los chicos empiezan a contar en voz alta, cronometrando nuestro beso, que supuestamente demuestra la longevidad de nuestro amor, y al mismo tiempo, hacen gestos a mis amigas, que no están familiarizadas con las tradiciones rusas, para que se beban el resto del champán.

Mis labios se estiran en una sonrisa donde están permanentemente pegados a los de Maxim.

—¡Vale, vale, suficiente! —refunfuña Pavel después de que llegan a sesenta—. Ya sabemos que vosotros dos podéis estar en ello las veinticuatro horas del día. No necesitamos la demostración pública.

—Venid, tenéis que romper las copas —dice mi madre, sacando un par de copas de cristal de su bolso y entregándonos una a cada uno. Trasladamos la fiesta al patio pavimentado de la enorme casa de playa que Maxim reservó.

Echo el codo hacia atrás, mirando a Maxim para recibir su aprobación. Él levanta su copa y asiente, y ambos rompemos el cristal con toda la fuerza posible para tener suerte.

—Ahora robad a la novia —insta mi madre a mis amigas, animándolas con gestos con las manos—. Haced que Maxim pague un rescate para recuperarla.

Riendo, mis amigas agarran mis manos y salen corriendo conmigo escaleras arriba.

—Siempre supiste cómo organizar una fiesta —dice Ashley cuando todas nos apretujamos juntas en la cama tamaño king.

—No estoy seguro de que esconderla en mi dormitorio sea realmente el objetivo —dice Maxim a través de la puerta—. Pero estoy feliz de pagar.

Kayla toma otra foto mía usando mi teléfono móvil. Suena, indicando que ha llegado un nuevo correo electrónico, ahora que está conectado al wifi de nuevo.

Al ver en la pantalla la vista previa de quién lo envía, jadeo y arrebato el teléfono de su mano.

—¿Qué es? —pregunta Kayla.

—Es del director del teatro de Chicago. El tipo para el

que acabo de hacer la audición. —Contengo la respiración mientras mis dedos vuelan por la pantalla para abrirlo. Doy un grito.

—¿Qué? ¿Qué es? ¿Conseguiste el papel? —preguntan todas mis amigas a la vez.

—¿Qué está pasando? —pregunta Maxim desde el otro lado de la puerta.

Corro hacia la puerta y la abro de golpe.

—¡Lo conseguí! —grito, saltando de nuevo a sus brazos—. ¡Voy a interpretar a Anna Karenina!

Un coro de "¡Dios mío!" y "¡Es genial!" y "¡Enhorabuena!" cae sobre mí. Maxim me lanza al aire y me atrapa de nuevo, como si no pesara nada.

Como si necesitara que este día fuera aún más perfecto.

Lágrimas de felicidad brotan de mis ojos.

Mi madre y los chicos entran en la habitación detrás de Maxim para averiguar a qué se debe todo el alboroto.

—Este es el día más feliz de mi vida —sollozo, dejando caer mis labios sobre la cabeza de Maxim—. Os quiero muchísimo a todos. Soy tan feliz.

Maxim gira, sosteniéndome aún a horcajadas en su cintura. Es un baile lento, con un público formado por todos los que me importan en el mundo.

—Te amo —murmuro contra su piel—. Amo nuestra vida.

—Yo también amo nuestra vida. —Deja besos en mis brazos—. Te amo muchísimo, dulzura. —Y luego se gira para enfrentar a nuestro público—. Ahora todos fuera —dice con firmeza.

Se escucha un coro de risas y protestas.

—¡Qué aburrido!

—¡La fiesta apenas comenzaba!

—Vosotros seguid con la fiesta. Nosotros tenemos nuestra propia fiesta aquí —dice Maxim, dirigiéndome hacia la cama, sus ojos oscuros llenos de promesas.

—Sí, por favor —susurro mientras nuestros amigos y familiares salen del dormitorio.

Maxim me tumba cuidadosamente de espaldas en el centro de la cama.

—Definitivamente necesito repetir mi noche de bodas —bromea, y yo me estremezco, recordando cómo había escapado tan rápido como pude a mi apartamento, sin querer saber nada de él.

—Me guardé para ti —le recuerdo.

—Lo hiciste —dice con tanto amor en su expresión.

Tanto que siento como si mi corazón fuera a estallar. Lo atraigo hacia mí y uno mi boca con la suya, mi lengua lamiendo entre sus labios, ansiosa por nuestra consumación. Segunda consumación. Lo que sea.

Desabotono la camisa de Maxim mientras nuestros labios se retuercen y se enredan. Él encuentra la cremallera lateral de mi minivestido blanco sin tirantes y la baja. Levanto el trasero para que me quite el vestido. Él se sienta un momento y se muerde el nudillo, bebiendo la visión de mí, desnuda, excepto por una diminuta tanga blanca.

—Cada vez que te desnudo, tengo que recordarme que esto es real. Eres mi esposa. Realmente perteneces a mi cama esta vez. No me van a cortar la polla por pillarme contigo.

Engancho mis propios pulgares en la cintura de la tanga y me deshago de ella.

—Toda tuya, marido. ¿Qué vas a hacer conmigo?

Su sonrisa es diabólica. Se quita la camisa abierta y luego los pantalones y los calzoncillos.

—Tengo unas cien ideas. Vamos a empezar...

G<small>RACIAS</small> <small>POR</small> <small>LEER</small> E<small>L</small> S<small>OLUCIONADOR</small>. Si te ha gustado, agradecería muchísimo tu reseña; marcan una gran diferencia para los autores independientes.

¡DISFRUTA de esta escena extra de *El Solucionador* para descubrir qué ocurrió la noche en que volvieron a estar juntos!

https://www.subscribepage.com/reneerose_es

¿QUIERES MÁS?

Lee el siguiente libro de la serie *Chicago Bratva*, **Poseída**

"Si la rompes, es tuya."

No quería estar emparejado con ella. La flor perfecta,

frágil, que parece que gritará su palabra de seguridad con un solo golpe de mi bastón.

La excompañera de cuarto de la nueva esposa de mi hermano de la Bratva.

No me enamoraré de su deseo de complacer. De su sumisión constante.

Pero cuando aguanta todo lo que le hago, queda cada vez más claro:

ahora me pertenece.

Poseída

LIBRO GRATIS DE RENEE ROSE

Quiere un libro gratis de Renee Rose? Suscríbete a mi newsletter para recibir *Padre de la mafia* y otro contenido especialmente bonificado y noticias de nuevos. https://Book Hip.com/NCVKLK

OTROS LIBROS DE RENEE ROSE

Vegas Clandestina

Rey de diamantes

Padre de la mafia

Sota de picas

As de corazones

El comodín del Loco

Su reina de tréboles

La mano del muerto

El comodín

Serie Chicago Bratva

Preludio

El director

El solucionador

Poseída

El ejecutor

El soldado

El hacker

El corredor

El limpiador

El jugador

El guardián

Secundaria Wolf Ridge

Alfa Bravucón

El caballero alfa

Alfa-nastro

Alfas peligrosos

La tentación del alfa

El peligro del alfa

El premio del alfa

El reto del alfa

La obsesión del alfa

El deseo del alfa

La guerra del alfa

La misión del alfa

El tormento del alfa

El secreto de alfa

La presa del alfa

La sangre del alfa

El sol del alfa

La luna del alfa

El juramento del alfa

La venganza del alfa

El fuego del alfa

El rescate del alfa

Hombres lobo de Wall Street

Un Gran Jefe Malvado: Medianoche

Un Gran Jefe Malvado: Lunático

Un Gran Jefe Malvado: Marcada

Un Gran Jefe Malvado: Su pareja

Osos malvados

El reclamo del alfa

SOBRE RENEE ROSE

RENÉE ROSE, LA AUTORA BESTSELLER EN USA TODAY, ama los héroes dominantes, ¡los machos alfa que saben hablar sucio! Ha vendido más de un millón de copias de tórridas novelas románticas con diferentes niveles de sexo no convencional. Sus libros han sido presentados en el Happily Ever After de USA Today y en Popsugar. Nombrada en el Eroticon de los Estados Unidos como la Próxima Autora Erótica Top en 2013, ha ganado también como Autora Preferida en Ciencia Ficción y Antología Valiente y Atrevida y con la mejor novela romántica histórica en The Romance Reviews. Figuró catorce veces en la lista de USA Today con su serie Rancho Wolf y varias antologías.

    **Suscríbete a mi newsletter para recibir contenido especialmente bonificado y noticias de nuevos lanzamientos en Español.

https://www.subscribepage.com/reneerose_es

      facebook.com/reneeroseromance
      x.com/reneeroseauthor
      instagram.com/reneeroseromance